Retratos de mujer con pelo corto

Javier Compás

Platero
COOLBOOKS

Título: Retratos de mujer con pelo corto.

Primera edición: septiembre, 2024

© 2024, del texto Javier Compás.

© 2024, de la edición, maquetación y diseño Platero CoolBooks.

© Platero Editorial S.L.

Glorieta Fernando Quiñones s/n .

Edif. Centris, planta 2, módulo 10. 41940 Tomares (Sevilla)

info@plateroeditorial.es

www.plateroeditorial.es

Diseño de portada: Platero CoolBooks.

Printed in Spain-Impreso en España

Depósito legal: SE 2159-2024

ISBN: 978-84-10062-65-8

A todas ellas.

Índice

PARTE 1

1

LA CAJA DE FOTOS

La historia que pretendo contarles comienza mucho antes de que yo naciera. Nos vamos a remontar a la Sevilla de posguerra, no, no teman, no es un relato más de la posguerra española, aunque indudablemente hechos tan marcados de nuestra historia reciente influirán, qué duda cabe, en nuestros personajes y en su hábitat cotidiano. Pero la historia va de mujeres, sobre todo de una mujer. Una mujer que enlazará su vida con las de otras mujeres, y hombres, naturalmente, pero nos vamos a fijar principalmente en ellas, creo que estarán conmigo, si siguen mi relato, en que son interesantes.

Desde hace unos meses tengo en la cabeza unas palabras de un profesor de instituto y escritor, un hombre mayor, con aspecto de profeta, o de líder bolchevique de principios del siglo XX, que presentó el libro de una escritora local a la que tengo ya por amiga, relato, por cierto, un tanto oscuro, donde todo parece triste y lluvioso. La presentación fue en una cafetería y habría allí unas treinta personas, aunque esto no es relevante para el caso, lo que dijo ese hombre, intentando resaltar la trascendencia de los temas tratados por la autora en su texto, sí es lo relevante a lo que me quiero referir. Según él, existe desde hace un tiempo una moda entre muchos escritores, casi todos de escasa notoriedad social y literaria, según el presentador del acto, de escribir autobiografías, si no recuerdo mal, el presentador dijo exactamente: «recuerdos de infancia intrascendentes que no importan a nadie», refiriéndose a la irrelevancia de relatos autobiográficos escritos por personas anónimas cuyas vidas, más o menos anodinas, supongo yo, nos decía aquel profesor que, en realidad, no interesan a nadie y no son más que ejercicios narcisistas sobre temas que no aportan nada a la colectividad humana. A mí se me ocurren al menos dos objeciones al respecto. Por una parte creo que esos recuerdos autobiográficos sí pueden servir para poner negro sobre blanco en una publicación temas que puedan ser trascendentes o interesantes para muchos lectores. Los temas universales sobre carácter humano y las circunstancias que influyen en nuestras vidas, no son privativos de personajes ficticios en los cuales el escritor refleja una serie de cualidades buenas y malas, al fin y al cabo, cualquier creador, digo yo, tiene cierto afán de trascendencia. O también de personajes reales con relevancia histórica, cuya vida nos puede despertar curiosidad por ser humanos notorios y destacados en algún arte, ciencia, política o mismamente escritores, pero cuya vida particular puede ser tan irrelevante como la de cualquier otro, si bien es verdad que, en estos casos, esa vida influiría obviamente en la materia asunto de su notoriedad pública. Por otra parte, suponiendo que las novelas se tengan que ocupar siempre de temas trascendentes, cosa que dudo, puede ser que esté escrita en una prosa tan brillante y embriagadora que dé lo mismo que hable de las carreras de caballos en Kentucky o de los leñadores del Bajo Pirineo, y no voy a entrar a enumerar casos ejemplificadores, porque esto pretende ser algo parecido a una novela, por cierto, y no un ensayo literario. Así que, sin más, pasaré a introducirles en el objeto de la historia que pretendo contarles.

Hablemos de la caja de madera que da título a este primer capítulo o quizás prólogo, dejémonos de corsés y etiquetas y permitamos que fluya la literatura. Me refiero al objeto portador de los tesoros fotográficos hallados en su interior y que han sido la mecha detonante de que me empeñe en contarles esta historia, o estas historias entrecruzadas. Y hago aquí otro aparte, ya ven ustedes que es muy fácil que me vaya por las ramas y cree caminos alternativos al sendero principal del asunto. Bueno, la cuestión es otra pega, también fruto de la opinión de, en este caso, escritora, además famosa (por lo que escribe y por su pasada vida sentimental) que hace poco, más recientemente que la anécdota que les relataba más arriba, en una mesa redonda sobre literatura, el mito de Don Juan en concreto, expresó en público su rechazo a lo que calificó como autoficción, supongo que refiriéndose a un relato basado en la vida real del autor, pero novelado con aportaciones fruto de la imaginación del mismo y no de los hechos reales. Más de lo mismo. Creo, ante todo, que la literatura, como cualquier arte, es un ejercicio de libertad suprema del creador (escritor o artista, si es que son dos cosas diferentes) no sujeto a reglas, normas y otras estrecheces, más allá, en el caso literario, de las reglas ortográficas, y hasta en esto admitiría el debate.

Por último, o no, está la ficción pura y dura, donde, por cierto, también podemos reflejar la autobiografía del autor, bien diluida entre los personajes y hechos de la historia, bien creando un *alter ego* en el protagonista o en cualquier otro personaje, o bien, como hice yo en una anterior novela, dividiendo en dos, convertidos en dos personajes distintos y, quizás, complementarios, las características personales atribuidas a un protagonista. Por lo tanto y en consecuencia, la autobiografía, la autoficción o la ficción pura y dura, son caminos que se entrecruzan y que están latentes en cualquier creación literaria, hasta quizás en la ciencia ficción, ¿pueden existir rasgos biográficos del autor en unos hechos situados en la galaxia NGC 185, satélite de Andrómeda, en el año 6.170? ¿Por qué no?

Como ya se habrán imaginado, consecuentemente con todo lo anteriormente expuesto, me niego a calificar el presente volumen en ninguno de esos géneros literarios preconcebidos. Bastante tenemos ya los escritores con esas valoraciones que harán lectores y críticos, sobre cosas que probablemente ni el mismo autor era consciente de ellas cuando estaba escribiendo su historia. Y ya está bien, les prometo que intento retomar el hilo y no volver a perderlo.

Mi madre, antes de morir, vivía en mi casa actual desde hacía unos meses. Lamentablemente tenía una afección cardiaca y necesitaba, entre otros medicamentos, una inyección diaria que, a la fuerza ahorcan y hay que ver las cosas que se hacen por un ser querido, yo, que le tengo pánico a las agujas y que me mareo cuando me tengo que hacer una analítica, se las inyectaba cada día. Esa circunstancia y, aunque no hubiese tenido ese problema cardiaco, el mero hecho de su edad, que ya le hacía necesitar cuidados y atenciones continuas y la soledad, las que me hicieron proponerle a mi mujer, una santa, que nos la trajésemos a casa. Dicho y hecho. Fueron unos meses de apretarnos en un piso de clase media, grandecito sí, pero donde ya vivíamos cinco personas y un perro. Digo unos meses porque al año siguiente de venirse a vivir con nosotros murió. Fue una mañana de sábado, sentada en la cama se quedó, no llegó a levantarse, la acostamos de lado hasta que llegó la ambulancia, un infarto cerebral provocado por un coágulo de sangre, falleció en el hospital esa misma tarde.

Poner su piso en venta tras su fallecimiento suponía la tarea de desmantelar la casa, vender, regalar o tirar muebles, y revisar los miles de objetos que llenaban cada cajón, cada estantería, cada vitrina y cada caja bajo las camas que, en un muy barroco y sevillano ejercicio de *horror vacui*, hacía increíble ver cómo cabía tanta cosa en un piso de no más de 80 metros cuadrados. Una minuciosa labor de criba, me refiero a los objetos más portables y pequeños, dejo fuera muebles, lámparas, cuadros, espejos y demás, me hizo quedarme y llevar a mi casa un buen número de libros, cintas de video (inútiles, ya no tengo reproductor de videos VHS), discos y, el tema en cuestión, fotos, muchas fotos.

Fotos en bolsas de plástico, que a su vez contenían esas carpetillas amarillas de Kodak donde te daban en las casas de fotografía las fotos reveladas y las tiras de negativos, pero esto solo es para las más modernas, las que menos nos interesan para nuestra historia. Las verdaderamente trascendentes para este relato son un buen número de fotografías en blanco y negro contenidas en una bonita caja de madera, una madera, por cierto, dura y brillante, de un precioso color... madera, no sé decirles de qué tipo de árbol, ¿qué quieren que les diga? Soy un tipo urbano criado entre humos de coches y escaparates de neón.

También había un precioso álbum de fotos de esos apaisados, grande, con hojas de cartulina negra para pegar las fotos y con las tapas duras enteladas con un estampado floreado cogido con una bonita cuerda trenzada de seda roja. Y muchas fotos sueltas. Algunas repetidas en diferentes tamaños, todas ellas de personas, de vida cotidiana, de excursiones, de días de Feria de Abril, de Semana Santa, de celebraciones, bodas, bautizos, cumpleaños. Y algo que siempre me ha llamado la atención en esas fotos antiguas que conozco desde que era niño, gente andando por la calle hacia el objetivo del fotógrafo, parejas, dobles parejas y grupos, del brazo, sonrientes, caminando por las calles de la ciudad, por el centro, por el Puente de Triana, por el Parque de María Luisa, por las calles del centro, con ligeras ropas de verano o con gabardinas y abrigos para el frío antiguo de los inviernos sevillanos.

Y las fotos de la mujer del pelo corto...

Pero antes de entrar en la historia de esa mujer se preguntarán ustedes si esto es una novela de ficción, un relato novelado basado en hechos reales o una historia real tal cual, de personajes reales, que existieron de verdad, lo digo porque antes les he revelado que la historia comienza a partir de unas fotos que encontré en el piso de mi madre, pero háganse esta pregunta: ¿soy yo un personaje real o a la vez me ha imaginado el que teclea estas letras? ¿Soy el narrador ideado por el autor o somos los dos la misma persona? Y, en definitiva, ¿acaso importa? A los párrafos de inicio les remito.

2

EMMA

Dudé si llamar a Emma por ese nombre, porque para mí Emma siempre será la señora Bovary, no obstante, como el nombre real de nuestra protagonista es muy parecido, vamos a llamarla así, Emma Lago, apellido de antigua estirpe gallega, que la leyenda emparenta con el caballero Lanzarote, digno de despertar las mejores letras en la imaginación de Álvaro Cunqueiro, que nos delata el origen regional de nuestra heroína. Aunque cuando yo la conocí y cuando se inicia la trama de esta historia, Emma ya vivía en Madrid desde hacía años.

Hay muchas fotos de Emma en la bonita caja de madera, unas sueltas, otras en sobres. También postales, con su letra cuidada, pequeña y apretada, de colegio femenino, sin fechas, por desgracia, en ellas.

Pero como por algún sitio hay que empezar, trasladémonos a primeros de septiembre de 1982, a la estación de trenes de Atocha en Madrid. Son las ocho de la mañana, el viaje desde Sevilla ha durado ocho horas desde que a las 12:00 de la noche salió el expreso de la desaparecida como tal, conocida como estación de

Plaza de Armas o Estación de Córdoba para el común de los sevillanos.

Aquel fue el verano en que España perdió su mundial de fútbol, la decepción de todo un país que, por fin anfitrión, por fin con posibilidades, veía, en el *boom* de ventas de las teles en color, al presidente italiano, Sandro Pertini, saltar con cada uno de los tres goles que los «azzurri» les iban marcando a una Alemania que todavía tenía el apellido «Occidental» en la final del campeonato. España se había quedado por el camino, y eso que tuvimos ayuda arbitral, en un grupo diseñado para clasificar al anfitrión, con la antigua Yugoslavia, nuestro gran antagonista en aquellos tiempos, tanto en fútbol como en baloncesto, con Irlanda del Norte, que a la postre quedó primera de grupo, y con Honduras. Curiosamente solo le ganamos a los yugoslavos, perdiendo con Irlanda del Norte y empatando con Honduras. Luego pasamos a otra fase de grupos, curiosa organización, nada menos que con Alemania, que nos ganó, y con Inglaterra, con quien empatamos a cero. Y así nos quedamos fuera.

Mientras tanto, en un frío islote del Atlántico Sur, los pobres chicos argentinos enviados por los generales a recuperar un trozo de su patria se rendían ante el poderío de un Reino Unido comandado por la Dama de Hierro. En España, el Gobierno nos metió en la OTAN, con el apoyo de Felipe, a pesar de aquello del PSOE que decía: «OTAN de entrada NO» que, a pesar de todo, ganó las elecciones en octubre convirtiéndose en el primer presidente socialista después de Franco.

Fue el año de *El Muro* de Pink Floyd y del *Thriller* de Michael Jackson. Con unos quince días de margen murieron Ingrid Bergman y Grace Kelly. Cuando murió la princesa de Mónaco yo ya estaba vestido de verde, «marcando el caqui» se decía entonces. Por delante trece meses perdidos, secuestrado en un triste cuartel donde un día era igual a otro, todo dentro de una rutina militar sin sentido para mí, nunca he llegado a entender qué diablos hacía yo allí.

Lo curioso del caso es que apenas tengo malos recuerdos de esos trece meses que pasé en Madrid. «Enchufado» de oficinista ocioso en unas dependencias con militares más ociosos que yo todavía. Reconozco que los momentos más divertidos eran los que gastábamos en ir a disparar al campo, aire libre y con el olor a pólvora de las armas. Los casquillos dorados de las balas saltando, alguno se metía, quemándole y nos reíamos todos, en el cuello del compañero de al lado.

Comenzando aquel otoño de 1982 llegué, de nuevo, tras mi permiso después de jurar bandera en el gran cuartel de la sierra donde nos instruyeron el primer mes, a Madrid capital. En la estación de Atocha, la vieja y bonita, antes de la selva húmeda de ahora, me esperaba ella, la que llamo la mujer del pelo corto, pero como no la vamos a estar llamando así todo el relato, he inventado ese nombre exótico y atractivo, Emma. Por cierto que Emma trabajaba en las oficinas de RENFE, por lo que solo tuvo que bajar a las vías desde su despacho para verme aquella mañana que me bajé de un vagón verde oscuro.

Me recibió a pie de andén, cordial y amable como la recordaba, bajita y algo entrada en carnes, y ese peinado a lo *garçon* tan característico que siempre había visto en las fotos antiguas que guardaba mi madre. No sé qué edad tendría, pero supongo que entonces andaba por los cincuenta y tantos, siempre que la vi me pareció más joven de lo que en realidad era. Me dijo que tenía su casa abierta para cuando quisiera y necesitara, me dio un papelito con el nombre de un coronel y un número de teléfono, y que, por favor, no se me olvidara llamarlo para darle las gracias, era el tipo amigo suyo que me había buscado el «enchufe» en un cuartel de la ciudad donde se suponía que iba a vivir lo mejor posible dadas las circunstancias. También me dio un billete de mil pesetas, dos besos y un llámame cuando quieras.

Mi cuartel estaba, digo estaba porque hace unos años que lo cerraron, muy cerca del Arco de la Victoria de la Plaza de la Moncloa. Por aquel entonces Emma ya se había mudado a su nuevo piso, también en la zona sur de la capital, como el anterior, no muy lejos de la estación donde trabajaba, por lo que para ir yo a su casa tenía que cruzar media ciudad, haciendo transbordo en un par de líneas de metro. Un piso que recuerdo en calma, siempre con luz artificial, cerrado a la calle, con cierta elegancia y un aire sosegado y acogedor. Curiosamente, los fines de semana que me acerqué a visitarla no solía estar ella, sino su compañera de piso, su nombre digamos que era Eva María. Dos señoras solteras de lo que yo consideraba entonces ambiente pijo, no sabía por qué vivían juntas ni me lo planteé hasta muchos años después.

Recordaba a Eva María de la única vez anterior que había visto a ambas en persona. Fue unos catorce o quince años antes, yo era un crío de unos siete u ocho años, acababa de nacer mi hermana. Estuvieron en mi casa pasando unos días y tengo que referir la anécdota que creo pertinente para la historia.

Retrocedamos, pongamos que alrededor de 1970.

Un piso en planta baja en una casa de vecinos de un barrio tradicional de Sevilla. La casa era la misma donde, en plena Guerra Civil, se habían mudado mi abuela y mi madre, de hecho, en la cancela de forja de la entrada figuraba, en hierro fundido, el año de construcción del inmueble, 1938. Cuando mis padres se casaron se quedaron allí a vivir con mi abuela materna. Hasta que me he hecho mayor, muy mayor, no he sido verdaderamente consciente del bajo nivel económico de la familia donde nací y me crie, ¿éramos pobres? No diría yo tanto, pero si hay que hacer algún tipo de clasificación social, yo diría que pertenecíamos a la clase media baja, o sea, obrera y con pocos recursos. El caso es que yo creía que ese nivel era el normal de la mayoría de la gente, luego me di cuenta de que no, que efectivamente muchos estaban como nosotros y peor, mucho peor, pero que también había mucha gente con una vida más acomodada, permítanme la cursilada del término.

La llegada de las dos amigas madrileñas supuso mi desplazamiento, de nuevo, al cuarto de mis padres, donde se me habilitó una camita plegable, al lado derecho de la cama de matrimonio, porque al izquierdo estaba la cuna de mi hermana. En una de las mesillas de noche aún estaba la radio de lámparas, creo que era una Invicta, donde mi madre escuchaba las «novelas», seriales radiofónicos con las voces de Matilde Conesa y Teófilo Martínez y los guiones de Guillermo Sautier Casaseca, y mi padre los partidos de fútbol, con las apasionantes narraciones de Matías Prats y el programa *Ustedes son formidables*, del que me encantaba la sintonía de cabecera. Luego averigüé que la música de aquella presentación era el principio del cuarto y último movimiento de la *Sinfonía nº 9 en mi menor, Op. 95*, llamada del *Nuevo Mundo*, de Antonín Dvorak.

Me impactaron las dos mujeres, eran diferentes a las de mi familia, a mis vecinas, a las mujeres de mi calle y de mi barrio. Vestían más parecidas a las chicas que salían en la tele y en el cine, en los anuncios de las revistas. Con faldas más cortas, con ropas más modernas, con unos peinados distintos. Eran alegres, simpáticas y muy educadas, con ese acento castellano tan distinto al nuestro. Enseguida me quedé prendado de Eva María. Las veía salir por las mañanas, supongo que se dedicaban a hacer turismo por la ciudad, yo me quedaba deseando que volviesen para verlas de nuevo. Mi fascinación por la amiga de Emma se plasmaría, amor infantil, en una carta a la que luego me referiré.

3

BLANCO Y NEGRO

No sé si estoy dando saltos atrás y adelante, si está demasiado embarullado todo lo que estoy contando, es verdad que los recuerdos y las ganas de contar hechos y anécdotas acuden a la mente en tropel y se atropellan para salir de ella y plasmarse por escrito en el papel, pero quizás convendría cierto orden cronológico, o no, ¿quién sabe?

Es ya un tópico de muchos de los que hablan de la España de después de la Guerra, y cuando escribo guerra con mayúsculas me refiero a la Guerra Civil de 1936 - 1939, como un país en blanco y negro. No me gustan esas frases recurrentes que acaban siendo tópicos manidos a mayor gloria del bando interesado. Digamos que en aquella España de la posguerra era en blanco y negro el cine, la fotografía, la tele no porque no había, pero no era esa mi España de la infancia, a mí ya me cogió el *baby boom*, el milagro económico, la creación de la clase media y su medio de transporte, el 600, el Simca 1000, el 2CV. Mi infancia fue la del Cinemascope y el Eastmancolor en las pantallas de aquellos grandes y magníficos cines con acomodador y bar en la entrada, y de las fotos en Kodacolor. Fuera, en la calle, si es verdad que los colores eran más sobrios quizás que ahora, donde todo es más hortera y chirriante cromáticamente hablando, eso sí dejamos aparte el estallido pop de finales de los sesenta y la psicodelia de principios de los setenta, con sus hijas bastardas, las discotecas con la bola de cristalitos sobre la pista de baile, el canon de lo hortera cuyo máximo profeta fue Tony Manero, ya entrados en los setenta.

Volvamos a la caja de madera. Lamentablemente la mayoría de las fotos no tienen fecha, incluso las que están dedicadas, casi todas, no tienen fecha tampoco, pasa igual con las postales y con las felicitaciones de Navidad. Sí es verdad que por las edades que se adivinan en los retratados, sus estilos de peinado y sus ropas, incluso por el tono más o menos amarillento del blanco y negro del papel fotográfico, podemos hacer una datación aproximada de estos restos arqueológicos de la vida de los seres que aparecen inmóviles en los retratos. A veces, también el matasellos da pistas de las fechas, aunque la mayoría están demasiado borrosos o, simplemente, carecen de fecha legible.

Una primera observación: es curioso el pequeño, a veces incluso pequeñísimo, tamaño de las fotos antiguas, digo antiguas y me sitúo entre 1945 y 1960, periodo principal de nuestra historia que bebe de esas imágenes, el sesenta fue mi año de nacimiento. Supongo que mi llegada, la primera de un niño a la familia, supuso ciertos, si no importantes, cambios. También es habitual que tengan esas fotos un marco blanco en el mismo papel y, algunas, un perfil ondulado en sus bordes. Todos estos requisitos tiene una de las imágenes de Emma que para mí es de las más significativas y, tal vez, una de las más antiguas y, por ello, con un gran mérito en la valentía tanto de la actitud como en la misma fisonomía de la retratada, desafiando los cánones femeninos de España en aquellos años, aunque hay que decir que la foto está hecha en Bélgica, por lo que nuestra protagonista se sentiría bastante más libre que en su patria por aquel entonces.

La foto en cuestión, en blanco y negro, cuadrada, de unos 7 centímetros de lado, muestra la entrada, al otro lado de una gran plaza adoquinada, de la estación de trenes de Gante. En la acera más cercana a quien hace la foto, Emma está apoyada en una señal de tráfico, con el pie derecho sobre el poste metálico de la señal y la cabeza baja, ya que está encendiendo un cigarrillo. Viste muy deportiva, con un pantalón ajustado y lo que parece la parte superior de un chándal o un chaleco con cremallera, con el pelo muy corto, si no fuera por la pronunciada curva de sus caderas parecería un chico. Por detrás de la foto, una escueta inscripción a lápiz: «Gante, estación», la caligrafía, sabemos por los escritos en otras fotos y postales, es de la misma Emma. También aparece un sello en tinta azul que pone A636, o quizás A686 y el ocho está cortado, no hay firma.

Hay una segunda foto, presumiblemente del mismo viaje. La foto tiene las mismas características técnicas y físicas de la anterior y el mismo sello con el A636/686, donde la retratada está en una actitud muy diferente. Esta vez mira a la cámara y sonríe con una sonrisa abierta, franca, feliz, lleva un vestido de tirantas estampado y, en este caso, se ve el calzado, unas sandalias con cuña de esparto, por cierto, que vuelven a estar de moda. La inscripción en la parte trasera es algo más extensa en este caso (también a lápiz): «Copenhaguem (sic) al fondo entrada principal al parque de atracciones Tivoli, que es una maravilla», sigue un garabato a manera de firma ilegible.

Ambas fotos siguen el mismo esquema, tomadas desde la acera de enfrente del edificio en cuestión, con la retratada en primer término y, entre ella y el edificio, la calzada amplia de una plaza o avenida y los coches de la época, destaca en la primera la parte trasera de un Renault 4/4 y un par de automóviles de tipo norteamericano, en la segunda foto, el cuerpo de Emma se perfila delante de un Mercedes 220.

Hay una tercera foto de esta serie, que seguiremos llamando A636/686, por detrás pone a lápiz «Amsterdam», es un retrato cercano. Emma está vestida igual que en la foto de Gante y ahora vemos claramente que el supuesto chándal es una rebeca de punto bajo la que lleva una camisa oscura con los cuellos subidos, mira a la cámara con descaro y picardía, con un punto golfo que se acentúa con ese peinado *garçon* tan característico, en su mano derecha un pitillo casi fumado ya.

Llegados a este punto quizás sería lo suyo comentar por qué esta madrileña de Galicia aparece incrustada en los álbumes de fotos de mis recuerdos familiares. No sé exactamente por qué ni cómo, pero sé que en casa de mi abuela materna se alojó esta chica en uno de sus viajes y, desde entonces y hasta la muerte de una de las dos, la amistad entre ella y mi madre duró para siempre, a pesar de que apenas se vieron un par de veces, que yo sepa, desde que tengo uso de razón, claro que antes de mi nacimiento, me consta, en las fotos están, hubo varias estancias de Emma en Sevilla, y se quedaba siempre a vivir esos días en casa de mi abuela y mi madre.

En la caja de madera hay, ya lo he señalado, fotografías y postales, entre las primeras hay fotos de estudio, muy populares hasta hace unos años. Ahora todo el mundo se ha convertido en fotógrafo y reina la abominación del llamado *selfie* o sea, autorretratos hechos con el teléfono móvil, en todo sitio, en todas partes y en todas las poses posibles, preferentemente con sonrisa que diga: «mira qué feliz soy, mira qué bonita es mi vida». Las que más abundan son las fotos de calle, lógicamente. Entre las segundas, numerosas postales desde diversas partes del mundo, ciudades que Emma visitó y desde donde siempre tuvo un recuerdo para mi madre, incluso hay una de un antiguo ferry de la línea Algeciras – Tánger – Algeciras, en blanco y negro y, por cierto, en inglés y francés. El barco es el Virgen de África de la Compañía Transmediterránea. Esta postal es de las que tiene al dorso un texto de Emma a mi madre más extenso, algunas se despachan con un escueto «Muchos abrazos, Emma (firma legible)», otras con «Querida Ana: Te envío mis abrazos cariñosos para ti y los tuyos. Emma», pero en la del barco es más generosa con su saludo: «Querida Ana: Te pongo estas líneas de mi regreso de Tánger. Este es el barco desde donde te escribo esta tarjeta, ¿te gusta? Desde Madrid contestaré a tu carta, supongo que no tardarás mucho en contestar. Muchos abrazos para todos y tú recíbelos muchos de mí. Emma». Dos notas curiosas, en la dirección de envío, Emma siempre pone Sevilla (Triana) y la dirige a mi madre con el apellido del viudo que se casó con mi abuela, que nunca la adoptó legalmente, mi madre llevaba los dos apellidos de mi abuela ya que era hija de madre soltera. La historia de mi abuela y de mi madre quizás sea otra historia de mujeres con valentía que habría que contar con más detalle, aquí habrá algunas pinceladas.

Pero sigamos con las postales. La Plage des Deux Jumeaux de Hendaya, La cala Valdella en San José de Ibiza, Vivero y su ría, la playa de San Feliu de Guixols, varias de Tánger, varias de Lisboa, una de Hamburgo con un mensaje significativo: «Maravilloso todo. Muchos abrazos. Emma», Roma, Irún, el Valle de Envalira (Andorra), las Cuevas de Nerja, Bruselas, Ginebra, París, Santiago de Compostela, Hälsingborg, y ya en color: Palma de Mallorca, el antiguo puerto pesquero de la playa de Punta Umbría (Huelva) o la Playa de los Alcázares en el Mar Menor (Murcia). Y Madrid, en una postal en blanco y negro de Cibeles un texto más extenso: «¡Hola, Ana!: Todo llega y todo pasa: el otro día en Sevilla, hoy en Madrid y siguiendo ya mi vida normal; pero como puedes ver, cumplo mi promesa (en este momento canta Lorenzo González *Chiquita bonita*). El día que marché no pude dormir hasta muy tarde, no sé si sería el café, la manzanilla…, o la noche sevillana… Espero contestarte pronto. Recuerdos a todos. Cariñosos besos. Emma», el matasellos de Correos lleva fecha de 11 de diciembre de 1954. La mayoría de los matasellos tienen la fecha ilegible, como ya he señalado anteriormente.

Dejemos fotos para más adelante, volvamos a esa amistad de años. Tengamos en cuenta que, dada la época y el nivel económico de la familia, no había teléfono en casa. Mi abuela y mi madre, por cierto, no he dicho que mi abuela se llamaba María Isabel, aunque siempre fue la abuela María, recibían las llamadas «urgentes» en el teléfono de una droguería vecina de la casa. El local tenía entrada desde la calle, lógicamente, pero su trastienda daba al pasillo de entrada de la casa de vecinos, junto al habitáculo de la portera y muy cerca del piso de mi madre. Quiero explicar con ello que las relaciones entonces, un mundo sin ordenadores, ni redes sociales, ni WhatsApp, aún quedaban muchos años para el teléfono móvil, de hecho, tampoco casi nadie tenía teléfono fijo en casa, se mantenían en la distancia a través del correo postal, o sea, cartas escritas a mano sobre papel que se metían en un sobre con la dirección de a quién iban dirigidas y se depositaban en alguno de los buzones que había en las calles, previo franqueo con sellos postales que se compraban en los estancos. Sí, sí, muchos dirán que me extiendo demasiado en explicaciones de cosas que todo el mundo sabe, pero mi ironía no deja de ser una realidad, piensen que hay jóvenes ahora que no saben cómo funciona un teléfono con rueda de números.

No tengo cartas de la relación de Emma con mi madre, o esta las tiró antes de morir o tal vez se perdieron en la mudanza, por decir algo, de las cosas de mi madre cuando, ya anciana y enferma, me la traje a vivir conmigo. Pero no solo eran meras cartas las que se enviaban, siempre había algún pequeño detalle, un pequeño regalo por un cumpleaños y, por supuesto, en Navidad, donde también se intercambiaban alguna participación de lotería.

Cuando mi padre nos sacó del viejo barrio para llevarnos al exilio de un piso más moderno en un barrio más nuevo, de esos surgidos entre los años sesenta y setenta, con pisos más modernos y poblado por la nueva clase media nacida del «milagro español», llegó al pasillo de mi casa el teléfono. Fue el año, y esta noticia eclipsa a cualquier otra que ocurriera entonces, que murió el general Franco. Una nueva época se abrió en mi vida, barrio nuevo, nuevos amigos, entrada en la adolescencia, pero eso es otra historia. El teléfono hizo que las cartas, que no se interrumpieron del todo, dejaran paso a regulares llamadas que se mantendrían hasta aquel verano de 2011, donde la llamada no la hizo Emma, ella había muerto. Mi madre la seguiría al otro mundo dos años después, también cercano el verano, en 2013.

4

Madrid no era una fiesta

He hablado de Eva María, la amiga y compañera de piso de Emma. En las fotos de la caja de madera, solo hay dos donde aparece, ambas en color y ambas junto a Emma, hay otra mujer más en una de ellas y en las dos aparecen los perritos que vivían con las dos amigas, dos pequeños grifones de Bruselas con el pelo dorado muy largo. Son fotos ya en color, más recientes de la etapa temporal que nos ocupa principalmente, yo diría que ya de finales de los sesenta o incluso de los setenta. Por desgracia, no tengo fotos de aquella visita que hicieron a mi casa siendo yo un niño y donde surgió aquella atracción, me atrevería a decir de una sensualidad que apenas despertaba en un niño con precocidad adolescente, un niño que ya se fijaba en el volar de las alas de una falda corta, en el roce leve de unas medias color humo, en el aroma que parecía venir de un lugar ignoto situado en algún sitio entre la nuca y el pelo de una mujer.

Eva María estuvo en mi casa alojada con Emma cuando yo era pequeño y retomo aquella visita en la que me vi desplazado del cuarto donde dormía, que era en realidad una salita de estar donde por la noche me abrían una cama plegable que estaba incrustada en un mueble, para devolverme al dormitorio matrimonial. Todo se trastocó en aquella pequeña casa, para mí entonces grande, todo me parecía entonces enorme, las cosas, los espacios y las personas mayores.

Me cayó muy simpática, es más, podría asegurar que fue un síntoma precoz de mi fascinación por las mujeres maduras, y eso que aún no había leído, aunque lo haría años después siendo aún muy jovencito, la amena novela de Stephen Vizinczey, *En brazos de la mujer madura*, de la que no mencionaré la posterior película española sobre el libro...

Para mí, aquella chica, yo la encontraba muy joven, luego especularemos sobre la edad de nuestras protagonistas, encarnaba el ideal de chica yeyé de la época, falda corta, zapatos de tacón bajito en charol negro, vestidos de colores alegres, era como mi adorada Karina, sí, aquella de *Las flechas del amor*. Eva María acabó de conquistarme cuando una mañana regresó, junto con Emma, de su paseo matinal por Sevilla y traía consigo algo para mí, sacó de su bolso un paquete fino envuelto en papel de regalo, un disco *single* con el último éxito de Fórmula V.

En mi casa había un picú (*pick up*), que era como le llamábamos al tocadiscos, un portátil que estaba en una maleta que, al abrirse, tenía el plato en la parte inferior, con los mandos y un brazo para la aguja, todo en pasta color crema, el botón para cambiar la velocidad de giro, a veces poníamos los LP's de 33 revoluciones a las 45 que giraban los *singles*, entonces la voz de los cantantes se aceleraba, provocando nuestras carcajadas. La tapa superior de la maleta tenía en su interior el altavoz, aún no había llegado a casa el sonido estereofónico, uno de mis anhelos, que llegaría en forma de regalo años más tarde, un Bettor Dual con dos bafles de madera exteriores, con sus botones de balance, bajos, agudos, volumen... y un agujero para introducir la clavija de los cascos, que tantas veladas solitarias me acompañaron en mi cuarto, pero eso sería ya después de mudarnos al piso nuevo.

Cuando Emma y Eva María regresaron a Madrid me las ingenié para copiar la dirección de Emma del remite de una de las cartas que recibía mi madre de ella. Ni siquiera sabía yo si ella y Eva María ya vivían juntas, pero como no tenía otra manera de hacerle llegar a Eva María mi escrito, se la envié a Emma a su domicilio. Quizás fue mi primera carta de amor, ella la conservó para, casi veinte años después, enseñármela con emoción en su piso de Madrid en una de mis visitas de fin de semana cuando cumplía el servicio militar a principios de los años ochenta. Yo, tonto y lelo aún, le dije que no me acordaba de haberla escrito, lo cual era naturalmente falso, pero contaré esto con más detalle.

Y para ello saltemos de nuevo a 1982 y mis inicios en mi corta carrera militar obligada. Llegué un viernes a mediodía al piso cercano de Atocha donde vivían Eva María y Emma. Después de unas semanas en el cuartel, con su olor a tigre, su testosterona flotando en el ambiente, las carreras, los gritos, las duchas efímeras, los ranchos con chuscos de pan. La llegada al piso de Eva María, su cálida acogida, su voz suave y cariñosa, era como si un ángel me estuviese recibiendo en el *hall* del Paraíso. Un mobiliario clásico y elegante, acogedoras luces indirectas, una matizada luz natural que se filtraba a través del ventanal de la cocina. Me enseñó parte de la casa, obvió los dormitorios, pero sí le hizo mucha ilusión mostrarme una especie de estudio – sala de estar – biblioteca, donde había un caballete con una pintura a medio hacer, era un cuadro impresionista con un paisaje urbano del París fin de siglo (XIX), hecho con muy buena mano, de esos que había, no sé si siguen existiendo, yo la verdad es la única vez que he visto uno, como un rompecabezas dibujado con numeritos en cada pieza para saber el color que correspondía en cada pequeño espacio. Alabé sinceramente su técnica, se me notaba un poco que quería demostrar que me acababa de licenciar en la Facultad de Historia del Arte, destilando cierta ingenua pedantería. Eva María rechazó los halagos con modestia y timidez. Me fijé en un objeto que, a partir de ahí, marcaría algunas de las anécdotas más entrañables de mi vida, un cenicero triangular de latón dorado de la marca MARTINI. Le hice observar a mi anfitriona sobre la pieza y le conté que me gustaba mucho, que de hecho me gustaban esos ceniceros, no solo de MARTINI, en sus dos versiones, el metálico dorado que ella tenía y el de loza blanca, también los triangulares del mismo tipo que tenía la marca CINZANO, ambas marcas italianas de vermut y bíter. De hecho, actualmente tengo en el salón de mi casa un cenicero triangular azul, de pasta lamentablemente, de la marca CINZANO que conseguí en un bar – tienda de ultramarinos, el único local de este tipo en la población, una aldea cercana a la villa asturiana de Pravia en Asturias, en unas vacaciones familiares muchos años después.

La historia que me contó Eva María me hizo cavilar

sobre su verdadera edad, y la de Emma, me explico a continuación. Eva María era una chica del barrio de Salamanca, me contó que, durante la Guerra Civil, ella y sus amigos se citaban en algún bar del barrio, con la incertidumbre de si alguno no se presentaría al día siguiente, jóvenes de familias de derechas, algunos quizás pertenecientes a la «Quinta Columna» de Falange. Jóvenes alegres a los que les había pillado una Guerra fratricida, tras las líneas de un enemigo que cada noche podía llamar a la puerta de su casa para llevarlos a dar un «paseo». A pesar de todo, me contaba Eva María, ellos mantenían el tipo compartiendo ratos de alegría y tomando algún vermut y, de paso, llevándose distraídamente alguno de esos ceniceros, como el que estaba allí en la mesita auxiliar de aquel piso burgués de la parte sur de Madrid.

Después de darme una reparadora ducha con jabón del bueno, en la mesa de la cocina Eva María me servía algún guiso casero, que ella misma preparaba con toda la ilusión del mundo para mí. Mientras se sentaba a mi lado, nunca comimos juntos, me contaba esas historias de la Guerra o me preguntaba por Sevilla, por mi familia, creo que nunca hablábamos de la mili y de lo que yo hacía a diario en aquel cuartel al otro lado de la ciudad.

Volvamos al tema de la edad. Si bien es verdad que la primera vez que conocí a Eva María en Sevilla me pareció una chica de unos veintitantos años, bastante más joven que Emma, que yo pensaba que tendría la edad de mi madre más o menos, o sea, unos cuarenta y pocos años hacia 1970, al relatarme las historias del Madrid de la Guerra no me salían los números, ya que si Eva María era una jovencita que quedaba en los bares con sus amigos en aquella época, cuando yo la conocí al menos debería tener cerca de cincuenta años, o sea que, en 1982, ya debería estar en el entorno de los 60, mayor incluso que mi padre, que había nacido en 1925. Si era así, verdaderamente creo que no aparentaba esa edad.

Poco a poco fui dejando de ir a su casa. Si hay algo que se aprendía en el servicio militar era la importancia de la veteranía, así que, a medida que pasaban los meses, me iba aligerando de servicios y, por supuesto, libraba casi todos los fines de semana, que o bien aprovechaba para ir a casa o bien me quedaba para disfrutar de Madrid en plena eclosión de la «movida», aunque, siendo sincero, de la famosa «movida madrileña» en aquellos meses vi más bien poco, eso sí, cerca de mi cuartel me pasaba de vez en cuando por una tienda de discos en la calle Martín de los Heros, cerca de los cines Renoir, donde ponían las primeras películas de Almodóvar. Allí compré algunos discos, entre ellos el EP del 83 de Golpes Bajos, con la portada de Ceesepe. Y creo que alguna vez me llevó alguien, amigas de Madrid, a La Vía Láctea, el mítico bar de Malasaña.

En una de esas comidas a solas con Eva María, fue a buscar algo, supongo que a su cuarto. Regresó a la cocina con una amarillenta cuartilla de papel doblada en cuatro partes que traía en su mano, con casi la misma timidez con la que yo recibí sus palabras, me preguntó si me acordaba «de esto», dijo tendiéndome la hoja de papel de cuaderno, cuadriculada, escrita con tinta azul con una letra infantil. Era mi carta, aquella breve y llena de faltas de ortografía de un niño, que le escribí después de su visita a Sevilla. En ella le pedía ingenuamente a Emma, recordemos que yo la dirección que copié de una carta de mi madre era la de Emma y yo no tenía constancia de que entonces viviesen juntas, que le dijese a su amiga Eva María que volviese a Sevilla cuando quisiera, por supuesto que yo, galante y caballerosamente, extendía la invitación también a ella. No recuerdo más detalles de la carta, sí que no supe qué decir, tras unos segundos de duda le dije que no recordaba haberla escrito, ella, muy diplomáticamente, me dijo «claro, hace ya muchos años, eras un niño» y la guardó como un pequeño tesoro. Supongo que sus atenciones en aquellos días, eran también en parte una respuesta a ese ingenuo enamoramiento infantil de un niño sevillano que había conocido en uno de sus viajes, aunque estoy seguro de que la amabilidad y exquisita educación de Eva María era algo habitual en su carácter. Quizás nunca se lo contaron a mi madre, o quizás sí se lo contó Emma, el caso es que mi madre, afortunadamente, nunca se refirió a aquella carta. Hoy me arrepiento de no haber admitido que sí, que yo recordaba perfectamente aquella corta epístola infantil, me gustaría haber hablado con ella de esas anécdotas. Me gustaría ahora hablar con tanta gente de cosas que no hablé en su momento...

Después de la primera etapa de mi servicio militar, en la que visité varias veces su casa, me dio algo de pena y mucho sentimiento de desagradecimiento por mi parte, no haber vuelto a visitar a aquellas dos señoras, ni siquiera cuando me licencié por fin en septiembre de 1983. Tampoco fui a visitarlas cuando estuve trabajando en Madrid unos meses, un par de años después, pero así es la vida supongo.

No he sabido nada más de Eva María durante el resto de mi vida, seguramente, por cuestiones lógicas de la naturaleza humana, ya no estará en el reino de los vivos, Emma murió en 2011, mi madre en 2013, tenía entonces 84 años, así que lo normal es que Eva María haya seguido sus caminos, o acaso incluso las antecedió. Tal vez se hayan reencontrado las tres y se sienten en cualquier bar del más allá a tomar un vermut y ponerse al día de sus cosas, mi madre con un Winston en la mano, con sus dedos blancos de largas uñas pintadas de rojo vivo. Emma con un cigarrillo negro, con su pelo corto y su sonrisa de labios sensuales. Eva María mirándola a ambas, ¿con celos, quizás, de las viejas amigas? No creo, se limitaría a mirar detrás de sus gafas redondas, con su ingenua mirada enmarcada por su poblado cabello rizado. Lamento de verdad no haber sabido más de ella.

5

Historias de la puta mili

Tomo el título prestado de aquel cómic que en la segunda mitad de los años ochenta del pasado siglo (cada vez que escribo esto del pasado siglo me da un no sé qué de senectud) se publicara en cada número de la revista satírica *El Jueves*. Y digo la «puta mili» cuando en realidad he de reconocer que, en general, mis recuerdos de aquel periodo no son para nada malos malísimos, al contrario, me lo pasé relativamente bien dadas las circunstancias. Claro que todo eso, si no se tiene en cuenta la premisa mayor que anula, o debería, a todas las demás consideraciones, el hecho de que, en contra de tu voluntad, el Estado te obligara a cumplir un año (o más) de servicio de armas. Mientras tanto, mis compañeras de facultad, y los privilegiados (algunos no tanto, dicha sea la verdad) que por unas causas u otras se libraron de cumplir con la patria, cobraban un año de ventaja para estudiar y presentarse a oposiciones, buscar trabajo o, simplemente, medrar en los diversos departamentos universitarios de nuestra facultad.

Pero en fin, busquemos cosas positivas y perdonen

las digresiones continuas, pero es que a los hombres españoles, sobre todo a los de cierta generación hacia atrás, en una reunión de barra de taberna, a la tercera o cuarta caña, como salga el tema de la mili no hay quien nos pare. Bueno, aquí no estamos en ningún bar, pero para el caso es lo mismo, ha salido el tema y me van a permitir que les cuente unas anécdotas al respecto, siempre pueden saltarse el capítulo, esto no es *Rayuela*, pero tampoco me voy a poner estupendo, aunque recomendaría a las señoras que lo leyeran para, las que no la tengan, se hagan una cierta idea de unos «privilegios masculinos» de los que ellas no gozaban entonces.

Así que antes de entrar en materia valorativa de eso que se llamaba servicio militar obligatorio y que todos conocíamos por la mili, comencemos por el principio. Y la cosa empieza mucho antes de coger el tren. Sorteos, destinos, fechas de incorporación, saltémonos toda esa milonga y vayamos al desenlace, unos días antes de la partida.

Te pasas por la caja de reclutas que, por cierto, el cuartel donde se ubicaba en Sevilla estaba en aquellos tiempos en las antiguas Atarazanas Reales, al menos entonces tenían una función y un uso, desde hace años tan magnífico edificio histórico duerme el sueño de los justos esperando la mano de nieve que sepa arrancarlo del abandono, aunque en los días que escribo estas letras, parece que hay un proyecto aprobado para su «rehabilitación» (miedo me da) que está comenzando a materializarse. Lo dicho, se iba allí el día señalado, acompañado por varios amigos, aquí pega la palabra amigotes, recogías el petate, una especie de saco de lona verde donde te daban avituallamiento para el viaje de ida al centro de instrucción de reclutas correspondiente, en mi caso el destino era Colmenar Viejo, en la sierra de Madrid. Unas latas, entre las que no faltaban las de sardinas y las de foie gras, que no llegaban más lejos de un bar cercano a la susodicha caja de reclutas, donde nos las comíamos con varias rondas de cervezas. Por cierto, fantástico bar desaparecido, hoy hay uno nuevo en el mismo sitio, pero no es lo mismo que aquella antigua cervecería. Después de años de abandono, el nuevo local es un eslabón más de una cadena de bares clonados, tienen quince o dieciséis ya, aunque con cierto encanto, he de reconocer. El sitio es en los bajos de la antigua Casa de la Moneda, una cervecería donde en mis tiempos, entre otra numerosa parroquia, nos encontrábamos muchos estudiantes de las cercanas facultades entonces radicadas en el edificio de la antigua Fábrica de Tabacos. Mi facultad, como un residuo de las viejas disciplinas de Humanidades, sigue en la misma ubicación.

La partida de los reclutas que salíamos desde Sevilla, se realizó desde la desaparecida como tal, estación de trenes de Plaza de Armas, en los andenes de la vieja y bonita estación (de Córdoba, como era conocida por los sevillanos) se agolpaba un tumulto de jóvenes con el verde oliva del petate y las caras desorientadas, las familias, las novias lloriqueantes, en dura pugna dramática con madres compungidas, tal vez ese día se veían ambas en persona por primera vez. Un tren que para cubrir los aproximadamente 500 kilómetros entre Madrid y Sevilla tardaba toda la madrugada, el famoso expreso de Madrid que salía a las doce de la noche y llegaba a la estación de Atocha, hermana mayor estéticamente de la sevillana, a eso de las ocho y media de la mañana, si no surgían imprevistos y retrasos.

El tren tenía esos compartimentos de asientos enfrentados donde podían viajar ocho personas, naturalmente aquella noche iba cargado de reclutas. En el mío me llamó la atención un chico bajito, macizo, de fuerte cabeza cuadrada, orejas de soplillo y mejillas sonrosadas, lucía una sonrisa bobalicona y lo miraba todo como descubriéndolo por primera vez. Tenía un cerrado acento de la sierra sur sevillana, me contó que era pastor y que era la primera vez que viajaba en tren, aclarándome que su padre lo había llevado una vez a conocer El Corte Inglés de Sevilla capital, viajaron en el autobús de línea de su pueblo.

Como él tuve varios alumnos después en el campamento, donde, entre vueltas y vueltas de absurda instrucción con el CETME de cinco kilos, me destinaron a dar clases de alfabetización, ojo, hablo de la España de 1982, donde todavía había jóvenes de veinte años que o no sabían ni leer ni escribir o lo hacían muy rudimentariamente, y no solo pastores de montes perdidos en pueblos serranos, como mi amigo del tren, sino también gente de ciudad, gente de barrios marginales, tipos con pinta de yonquis algunos y algún tatuaje carcelario (entonces todavía tatuarse solo era propio de delincuentes, marineros y, en todo caso, de legionarios, que podían haber sido ambas cosas). Pero también había algún muchacho de barrio que no tuvo más remedio que ponerse a trabajar desde niño para ayudar a la familia, en un taller mecánico, repartiendo o, simplemente, ayudando a su padre a recoger cartones y metales con un carro por la calle y que nunca había ido a la escuela.

Las relativas amistades hechas entre el viaje desde Sevilla, luego el traslado desde Madrid hasta la Sierra y la primera noche en el cuartel, se perdieron de pronto, circunstancialmente, cuando formamos todos por la mañana con las cabezas rapadas y vestidos de verde con el uniforme de faena. No he visto un mayor ejemplo de pérdida de la identidad propia para diluirte en una masa uniforme (literalmente hablando también), un ejercicio que, acompañado de continuos gritos para hacerlo todo a la carrera, supone un brutal choque de disolución personal en un ente donde la premisa es la obediencia sin explicaciones, algo que para un pedante universitario recién salido del cine club como yo, era un tremendo baño de una realidad inexplicable, aunque en definitiva el ejército era eso, un sentido basado en unas premisas fuera de la lógica del mundo real, al menos del mundo real que yo anhelaba, aunque supongo que era/es la única manera de mantener el orden requerido en una tropa, y digo lo de tropa en su sentido militar y en el figurado de ¡vaya tropa!

Después de haber dado clases de alfabetización en el campamento, sin tener en cuenta que mi madre ya había gestionado con Emma un futuro enchufe en un cuartel de privilegiados en la capital, contesté afirmativamente a la pregunta que un oficial hizo sobre quién quería un destino de enseñanza similar, que se cumpliría, entre otras posibilidades, con reclusos de cárceles militares. Me apunté sin dudarlo.

Una mañana vino un cabo, que en aquellos primeros días era para nosotros, los reclutas, como un general o algo así, muy apurado para que me presentara inmediatamente en las oficinas para ver al capitán «nosequé». El tal capitán era un tipo absolutamente desagradable que me recibió a gritos y parecía que pretendía enviarme ante un pelotón de fusilamiento por, según él, pretender engañar al ejército español (ahí es nada), yo, que no sabía de qué iba la cosa, pregunté civilizadamente, la respuesta más gritos: «cuádrese», «póngase firme cuando se dirija a un superior», «yo soy mi capitán», y genialidades de ese tipo. La cosa era que, al parecer, para el destino de alfabetización querían «maestros» y yo era Licenciado en Geografía e Historia, en vano fue explicarle al chusquero que los estudios de Magisterio se convalidaban con los de Historia en tercer curso, el intrépido militar se puso rojo de ira porque pensaba que quería seguir tomándole el pelo. Al final no hubo ni siquiera arresto, fuese y no hubo nada, aunque naturalmente, yo quedé excluido de alguno de esos puestos de maestro alfabetizador, no hay que mal que por bien no venga, porque, gracias a ello, me enviaron, enchufe mediante, a unas oficinas donde me dedicaba a leer novelas y que además estaban a dos pasos de la calle Princesa y los bares del barrio de Argüelles.

Tras mi llegada al cuartel de destino, como ya he comentado anteriormente muy cerca del Arco de la Victoria de la Plaza de la Moncloa (me extraña que no lo hayan demolido ya, por cierto) y de la larga calle de la Princesa, que bajaba desde allí hasta la Plaza de España, se sucedieron a lo largo del año muchas más anécdotas de este tipo y otras entre reclutas y «bisas» (bisabuelos, los más veteranos del cuartel, la promoción más próxima a licenciarse, o coger la blanca, como se decía entonces, refiriéndose a la cartilla militar que te devolvían cuando terminabas la mili), pero se las voy a ahorrar para no convertir esto en una serie de historias de la mili que no interesan a nadie, salvo a mí que estaba allí, aquí sí estoy de acuerdo con el viejo profesor que echaba pestes sobre las autobiografías intrascendentes, aunque, repito el argumento, también del día a día de un don nadie, se pueden extraer historias jugosas e ilustrativas de la condición humana, dejemos el tema.

Sí les voy a contar una cosa que tiene relación con mi vida extracuartelera. Resulta que tuve que llegar al ejército, a un cuartel a casi 600 kilómetros de mi casa, para conocer a un tipo que vivía en Sevilla a no más de 50 metros de la mía. Nadie le conocía como Ignacio, su verdadero nombre, sino como Bebo. Un tipo pequeño, pero con unos intensos ojos azules bajo dos cortinas negras, sus pestañas. Bebo sí estaba verdaderamente afectado por la mili, más si tenemos en cuenta que él estaba en la parte chunga del cuartel. Sin extenderme mucho en las explicaciones de cómo estaba organizado aquello, él servía en las llamadas compañías de fusileros, que se pasaban el día haciendo instrucción y guardias, cuando no se los llevaban de maniobras a la sierra, pasable, o, lo más temido, a las grandes maniobras en el desierto de Aragón, cuando se perdían varios días y el cuartel era una maravilla de silencio y tranquilidad.

Como digo, resulta que la casa familiar de mi amigo Bebo, estaba en una calle paralela a la mía, en el mismo barrio, pero nunca, que ninguno recordáramos, habíamos coincidido por allí. Con él comencé mis primeras salidas las tardes de permiso, merodeábamos por los bares de los «bajos de Argüelles»,

íbamos a una tasca que ponía unas tremendas cervezas servidas en grandes vasos que, y dejamos al dueño
alucinado al señalárselo la primera vez que fuimos,
procedían de la fábrica de vidrios que había en la Avenida de Miraflores de Sevilla, efectivamente, en nuestro propio barrio. Por cierto, un edificio industrial con
muchísimos metros cuadrados que, como tantas otras
cosas en la ciudad (ya comenté sobre las Atarazanas),
sufre el abandono y la desidia política, mientras los
lobos especuladores acechan de cerca a ver si pueden
dar un pelotazo urbanístico más, de hecho, se están
construyendo varios bloques de viviendas en el solar,
y aunque se han preservado los edificios principales
y se habla de equipamiento para servicios sociales,
sobre esto no sé nada concreto. Algunas veces, sobre
todo si coincidíamos en quedarnos un fin de semana en el cuartel, salíamos con unas amigas suyas muy
simpáticas, entre las que había una gordita que una
tarde me regaló un cuento infantil sobre un toro bra-
vo, era una antitaurina *avant la lettre*, hay que señalar
que por aquella época yo me tenía por gran aficionado a la llamada Fiesta Nacional, de hecho, alguna vez
aproveché el uniforme para ir a alguna corrida del ciclo de San Isidro por un precio muy económico, la
contrapartida es que tenía que asistir a la corrida vestido de «bonito», que era como llamábamos al traje
militar de salir a la calle, o de paseo, en el lenguaje
reglamentario. Recuerdo una corrida de Paco Ojeda,
de los otros ni me acuerdo, donde me puse de pie en
posición de saludo mientras sonaba el himno nacional, asistía el rey Juan Carlos a esa corrida, y era cosa
de verme allí de pie, con la mano en la gorra en medio
de un tendido repleto, todo el mundo sentado y no

con mucho respeto por la Marcha Real, todo hay que decirlo.

Por cierto, el cuento que me regaló la chica madrileña, ilustrado como los cuentos infantiles, era ni más ni menos que del muy taurino escritor norteamericano, el premio Nobel, Ernest Hemingway, *El toro fiel* se llama, ilustrado por unos bonitos dibujos de Arcadio Lobato. Al ejemplar del regalo lamentablemente le perdí la pista hace muchos años en mi casa y, oh, casualidades, encontré uno en la última edición que visité recientemente de la Feria del Libro Antiguo y de Ocasión que se organiza cada otoño en la Plaza Nueva de Sevilla, para remediar la sequía.

A aquella altura de la mili yo ya no iba nunca a casa de Emma y Eva María. Los fines de semana, o bien viajaba a Sevilla, un terrible viaje en autocar de muchísimas horas, sobre todo la vuelta, que se hacía la madrugada del domingo al lunes para llegar al cuartel a la hora de diana, o sea, a las cinco o seis de la mañana. O bien me quedaba en Madrid, deambulando muchas veces solo, conociendo la ciudad, sus librerías de viejo, sus tiendas más encantadoras, leyendo o escribiendo cartas en el Café Gijón o en el Comercial, mientras me tomaba un par de cafés, entonces, además de taurino, era muy cafetero, y fumaba, bastante, de hecho en los paquetes que me preparaba mi madre, además de leche condensada, Cola Cao, galletas Príncipe rellenas de chocolate y otras delicias, se incluía un cartón de Ducados, todavía no me había pasado al rubio.

Extraño mundo donde se compaginaba la vida cuartelera con la bohemia de la capital. A medida que avanzaba el año, el cuartel, al principio inmenso y amenazador, se me iba empequeñeciendo. Sus muros de ladrillos rojos me parecía que albergaban, como una cápsula del tiempo depositada en medio de la gran ciudad, un mundo extraño, ajeno a la realidad circundante, a la vida cotidiana que bullía alrededor, lo que no sabíamos es que aún quedaban casi veinte años para que el servicio militar obligatorio fuese suprimido, y, paradójicamente, por un gobierno presidido por un presidente tenido por muy de derechas, cosas de la vida política española.

6

Retratos de una mujer con pelo corto

Hice cinco montones con las fotografías que encontré en la vieja caja de madera. Uno con las postales que Emma le enviaba a mi madre desde los diversos lugares que visitaba en sus viajes; otro con las felicitaciones navideñas; uno con algunas fotos en color de momentos familiares de Emma en Madrid; otro grupo de fotos, entre las que están algunas de las más antiguas, las de Emma en Sevilla, en diversos años, con mi madre, con mis padres, con mi madre y una de sus hermanastras y otras fotos de grupos. El último son los retratos personales de Emma, a algunos de ellos ya me he referido anteriormente, los del viaje a Bélgica y Holanda, pero hay otros, algunas fotos de estudio. En particular uno de esos retratos tan de épocas pasadas, cuando la gente iba de vez en cuando al estudio de un fotógrafo para hacerse retratos, es el que más me gusta, quizás por la excepcionalidad de ser donde Emma aparece más femenina, yo, la verdad, es donde la encuentro realmente guapa ya que, sin serlo en grado notorio, en todos tiene una cara con cierta «gracia», con chispa, sin ser una belleza, además era muy bajita y con tendencia a engordar, pero su rostro siempre me ha parecido muy agradable.

El retrato en cuestión es doble, quiero decir que hay dos fotos casi iguales, son los de una mujer joven, las fotos en blanco y negro, ninguna lleva al dorso dedicatoria ni año. Emma luce una media melena negra, pelo más largo de lo que en ella era habitual. Un vestido de verano de florecitas y un sencillo collar de perlas. En la foto más pequeña mira hacia su izquierda, la mirada perdida en esas poses más cursis que poéticas de los fotógrafos clásicos de estudio, la boca entreabierta. En la otra, más grande, con marco blanco, mi favorita, Emma mira directamente al objetivo, la cara apenas maquillada aunque se adivina el rojo de una boca sensual, jugosa, la frente despejada y la mirada segura. Tiene los brazos cruzados en la segunda, aunque apenas se ven porque es un retrato de busto. Se adivina esa mujer segura de sí misma, que sabe lo que quiere, de mirada inteligente y ojos claros.

Hay otra foto de estudio donde también aparece Emma con el pelo un poco largo, con un peinado más elaborado, un escote en pico, una medalla con un cordoncito de oro, aunque la foto también es en blanco y negro. En esta ocasión mira hacia su derecha y el fotógrafo le da una teatral inclinación al busto a la manera de ciertas fotos de estrellas del cine de la época, por cierto, esta foto sí está fechada y dedicada: «Con mi recuerdo para ti. Abrazos (firma)», está precisamente fechada el 16 de mayo de 1958, el año que mi madre cumpliría 30 años. Creo que esta foto es posterior a las dos anteriores y, como ellas, una excepción en la colección, ya que Emma suele aparecer en exteriores, con su pelo corto y esa picardía alegre de sus posados más naturales, espontáneos. Apaisada, un fondo de parque, con Emma de medio cuerpo, sonriendo a la cámara, de frente, con falda y una camisa clara con cuellos de pico, el pelo corto pero muy abombado, por detrás de la foto: «Con mucho cariño» y su firma, al pie: «Año 1964».

Hay varias fotos de ella y mi madre solas, paseando por Sevilla. Unas muy significativas son por ejemplo en la que aparecen ambas vestidas de negro, era el 8 de abril de 1955, Viernes Santo, de ahí el luto. Tras ellas, músicos de una banda se asoman para salir en la foto, entre ellos un chiquillo con un tambor. Hay otra en una barandilla de la calle Betis, con el río detrás y la Torre del Oro y la Giralda de fondo, arregladas las dos, mi madre con un abrigo claro cruzado, Emma con traje de chaqueta, lleva unos guantes blancos cogidos en su mano derecha, al dorso fecha de 20 de abril de 1957, ese día fue Sábado Santo. Otra, sin fecha, más veraniega, las dos amigas con tirantas, Emma con un vestido de flores y mi madre con una falda blanca y una blusa oscura, posan en una glorieta del Parque de María Luisa, la foto también es en blanco y negro, no lleva fecha, pero sí una inscripción por detrás con la letra de Emma, sin firma: «Amigas para siempre», no hacía falta la firma, su letra reconocible, la foto que llegaría, días después de su visita, en una carta desde Madrid. Del mismo día sería una foto donde aparecen con la misma ropa, pero con dos «rebecas» echadas por los hombros, están en el portal de la calle de la casa de mi madre, con mi abuela en medio, que posa cada una de sus manos en respectivos hombros de cada chica, ellas, las jóvenes, están serias, probablemente deseando irse al paseo, y quitarse las rebecas unas vez libres de la tutela de la abuela, en la otra foto aparecen con las dos prendas de punto puestas cada una en los bolsos, mi abuela, como siempre la recuerdo, luce su sonrisa permanente en aquella cara ancha y pecosa. «La madre sevillana con sus dos retoños», escribe al dorso Emma, con su peculiar pequeña letra. Sobre quién sería el fotógrafo de estas instantáneas desconozco la autoría, pero, indudablemente, alguien que se fue de paseo con ellas, ¿mi padre quizás? Pues no, al parecer es un hombre, pero con otro nombre, permítanme mantener el secreto unos párrafos, ya que más adelante volveré a esta foto.

Hay un retrato de Emma muy enigmático, por la inscripción que lleva detrás de su puño y letra. No es ni mucho menos de las mejores fotos de la caja. Está Emma sentada en la mesa de un chiringuito playero, con su versión de corte de pelo más veraniega, en bañador, mirando a la derecha, ¿a la lejanía del horizonte marino? Una botella, una servilleta de cuadros, un plato quizás de gambas, un vaso de cristal redondo, grande, con un café de puchero tal vez, el papelito de los terrones de azúcar vacío. Luce, bajo el techo entoldado del sitio, una mirada seria, una boca sensual y un generoso escote, pero lo llamativo es la nota trasera: «Con muchos celos, te dedico esta foto (firma)», así, con la palabra celos subrayada, ¿celos de qué o de quién? ¿Es una broma particular de amigas íntimas?

Con el pasar de los años para mí, que ya no vivía en la casa familiar y que estaba a mis asuntos, el recuerdo de Emma era algo tangencial que vivía en el limbo de esas cosas familiares que ya no salían a la luz salvo cuando alguna vez repasaba con mi madre fotos antiguas en una de esas tardes muertas, melancólicas, con poco que hacer, que muy de vez en cuando se daban. No fue hasta aquel día de 2011 en que mi madre me dijo, triste, lo de la llamada de alguien de Madrid para comunicarle que Emma había muerto, cuando comencé a recordar y, días después, hablando de ella con mi madre, entonces ya vivía sola, mi padre había muerto años atrás, me atreví a preguntarle si Emma era lesbiana, me dijo que sí, nada más, ni yo pregunté tampoco más.

No fue entonces cuando se me ocurrió contar esta historia, sino mucho después. Pensando no solo en cómo habría sido la vida de Emma en una España como la de después de la Guerra Civil. A ella parece que no le fue mal, un buen puesto en RENFE, un piso propio, numerosos viajes con amigas, incluso al extranjero. Pero una vida de disimulo sentimental y de ocultar, salvo en la intimidad, su condición sexual.

¿Y esos otros rostros desconocidos para mí que están en otras fotos? Hay una foto en blanco y negro de cuatro amigas al pie de la Giralda, años cuarenta quizás, una de ellas aparece cortada por la mitad, es una mujer de pelo corto y gafas de sol negras que aparece con Emma en varias fotos, siempre seria, con cierta cara de amargor o antipatía, probablemente una pareja de ella anterior a Eva María, la veo también en una foto de Emma de perfil asomadas ambas a una terraza, también en esta ocasión a esa enigmática mujer solo se le ve media cara, pero en esta ocasión el lado izquierdo, mira a la cámara y, esta vez sí, parece que esboza cierta sonrisa, tiene unos ojos grandes, aunque solo se le ve en la foto el izquierdo, parece que el o la fotógrafa ¿sería la misma en ambas fotos? No quiso que saliera. Por cierto, en esa foto luce Emma un magnífico perfil, con un collar de esos que hoy llamarían «étnico» y unos grandes pendientes de botón, blancos, el pelo muy corto y una media sonrisa evocadora mirando al horizonte, a bastante altura parece, por el edificio, ¿un cortijo, un monasterio?, que se ve debajo.

En la foto al pie de la Giralda, aparece en medio una chica de cachetes rollizos, sanota, hermosona, de rostro dulce como una Inmaculada de Murillo, también está mi madre, que mira a la cámara con leve sonrisa, la mirada de Emma cruza la foto, ajena al objetivo, mirando y sonriendo a mi madre. ¿Estaba Emma enamorada de mi madre? ¿Llegaron a tener algún tipo de experiencia más allá de la amistad sincera de dos íntimas amigas? No lo sé y la verdad es que tampoco me importa mucho. No sé si mi madre probó por curiosidad la boca de otra mujer, no se lo reprocharía. Aunque no lo tendrían fácil, lo digo por el entorno y por el hecho de que sería difícil encontrar el lugar y el momento. Tampoco lo creo por cómo Emma habló siempre, en las dedicatorias y tarjetas donde lo menciona, con cariño de mi padre, por cierto, a él nunca le oí hablar apenas de Emma, respetaba la amistad que tenían ella y mi madre, sin más comentarios por su parte que los estrictamente de cortesía, yo, en particular, nunca llegué a hablar con él del tema, se me quedó en el tintero, como tantas cosas.

7

MUJERES DE PELO CORTO

Volvamos un momento atrás, fijémonos de nuevo en tres mujeres, están en la puerta de la calle de una casa de vecinos del barrio de Triana, dos arregladas, siempre con bolso, entre ellas, una señora mayor, de negro, de pelo corto y cano peinado hacia atrás, con sus manos una en cada hombro de las jóvenes, estas serias, probablemente deseando iniciar su paseo, dije que no sabía quién sería el fotógrafo, aunque en otra foto, movida por cierto, las dos jóvenes, que son efectivamente mi madre y Emma, aparecen paseando ante las murallas de la Macarena con la misma ropa y los mismos bolsos, al dorso escribe Emma: «Estamos un poco borrosas, ¿verdad? Se conoce que Jesús estaba nervioso», no sé quién era el tal Jesús, desde luego no un experto en fotografía. Pero volvamos a la primera foto, también con nota al dorso de Emma: «La madre sevillana con sus dos "retoños" (sin firma ni fecha)».

La señora en cuestión era mi abuela María. Y hablando de mujeres valientes, permítanme que me detenga en su historia, o lo que yo sé de ella, que tampoco es mucho. Mi abuela María nació cuando comenzaba a morir el siglo XIX y, con él, el año que marcó duramente a España, dando nombre también a una importante generación de escritores e intelectuales, 1898. María Isabel era su nombre completo y se crio con unos tíos, no sé qué fue de sus padres, en Cazalla de la Sierra, un bonito pueblo de la Sierra Norte sevillana. Mi abuela y mi madre siempre presumieron de una genealogía noble, pero su realidad fue bien diferente a esa pretendida estirpe de hidalgos y gente acomodada, ¿se perdió la fortuna familiar? Mi abuela dice que sí, que su padre, «administrador» en el Palacio Arzobispal de Sevilla, era más aficionado a las fichas del casino que a las hostias consagradas, quién sabe, tal vez anden por ahí perdidos títulos y haciendas.

Damos un salto en el tiempo y nos encontramos a una jovencita en los años veinte sevillanos, embarazada de un señor que decidió tener otra familia. Una mujer sola, con una niña pequeña, sin apenas recursos. Como quiera que sea, mi abuela sacó adelante su casa y a su hija, terminó trabajando en uno de los cines de uno de los empresarios que marcaron la vida sevillana del siglo XX.

El llamado Alzamiento Nacional del 18 de julio de 1936, cogió a mi madre y a mi abuela viviendo en la calle Ruiseñor, una estrecha calleja detrás de los muros de la iglesia de San Jacinto de Triana, allí, aquella mujer de 38 años y su hija de 8 vivieron en primera fila la lucha de los milicianos del barrio frente a las tropas de Queipo de Llano, que atacaron el barrio viniendo desde el centro de la ciudad por el Puente de Triana. Me contaron ambas que las improvisadas barricadas que montaron los milicianos estaban a escasos metros de su casa y que estos entraban para comer y beber agua cada vez que se les antojaba. Allí vivieron cómo sacaron de la cercana casa de Pagés del Corro al joven Luis Mensaque y lo mataron en mitad de la calle, donde hicieron una pirámide con los muebles y enseres de la casa, la famosa Casa Mensaque de cerámica trianera, y le prendieron fuego a todo. Jornadas muy difíciles para una madre soltera, imágenes imborrables para una niña de 8 años.

En plena Guerra se trasladan a un nuevo hogar, una casa de vecinos terminada de construir en 1938 sobre el solar de lo que fue el antiguo Corral de los Corchos, muy cerca del Patrocinio. Allí nací yo, bueno, estrictamente y como la mayoría de los bebés del *baby boom* que se iniciaba en los sesenta, nací en el Hospital García Morato (hoy Virgen del Rocío) y, he de decir que, por lo que yo viví y, sobre todo, por lo que ellas me contaron de la posguerra, con todas sus carencias, los años del hambre, las riadas, la dificultad de ser una madre soltera en la España del nacionalcatolicismo, fueron felices.

Mi abuela era una persona de sonrisa permanente, su cara blanca y sonrosada, redonda, sin maquillaje, despejada siempre, transmitía una sensación sana y de vitalidad. Trabajadora incansable, se cargaba con todas las tareas de la casa después de trabajar todo el día en el cine de barrio donde estaba empleada. El cine era propiedad de uno de los empresarios más famosos de la Sevilla de la época, don Agapito Calvo, que también era propietario de la casa de vecinos donde estaba el piso de mi abuela. Dueño además de varios de los bares más populares de la Sevilla de la segunda mitad del siglo XX, era famosa su lujosa casa frente a la casa cuartel de Eritaña y también la foto del doctor Fleming que tenía en alguna de sus «casas» de diversión, en honor al descubridor de la penicilina, como agradecimiento a la maravillosa medicina descubierta.

Una casa de vecinos donde, entre peleas y risas, la vida era mucho más cercana entre todos que ahora. En mi memoria alguna de las anécdotas que mi madre y mi abuela contaban a veces, como aquella de un bombardeo de la aviación republicana. En plena Guerra Civil, los aviones del ejército republicano hacían incursiones para bombardear el cercano aeródromo de Tablada, sonaban las sirenas y los vecinos de la casa de mi abuela corrían a refugiarse, a falta de un cobijo mejor, en el amplio hueco de las escaleras; una de esas veces, estando ya varios vecinos metidos en el hueco, cayó desde arriba lo que de pronto creyeron un proyectil que dio un sonoro encontronazo con el suelo, al fin los gritos de pánico se tornaron en sonoras carcajadas cuando comprobaron que el pretendido «proyectil» era la zapatilla de un señor que vivía en el tercero y que calzaba al menos un 45 de pie, que en las prisas de la bajada en pijama, había dejado caer una de sus inmensas abarcas por el hueco de la escalera.

Y llegó la victoria, para algunos, para la mayoría lo que llegó fue el fin de la guerra, donde muchos no tenían predilección por uno u otro bando, simplemente añoraban paz, orden y trabajo. Así que se reinició algo de normalidad en la vida de tan modestas familias, al principio con hambre, mucha hambre, cartillas de racionamiento y sesiones en la mesa camilla limpiando las lentejas, sacando guisantes de sus vainas, pelando las judías verdes, entonces, mundo libre de plásticos, todo era fresco y de temporada, como ahora presumen los restaurantes donde ninguna de aquellas familias se podría haber permitido el lujo de comer un día.

La vida de una mujer soltera, trabajadora y con una hija, no debió de ser fácil en aquella Sevilla del cardenal Segura y del general Queipo de Llano. No sé cómo, pero a mi abuela se le cruzó en el camino un viudo con cinco hijos que, no sé por qué, también se instaló en el piso de Triana. Así que, de ser dos mujeres solas, pasaron a ser una familia numerosa y mi madre, de hija única de madre soltera, a encontrarse con cinco hermanos y un padre. Pero aquello no duró mucho, porque aquel hombre murió pronto y sus hijos siguieron cada uno su camino, así que las dos mujeres se volvieron a quedar solas.

El viudo que se casó con mi abuela, Manolo, también aparece en algunas de las fotos de la caja de madera. Hay una, pequeña, un tanto borrosa por el tiempo, donde aparece él con un traje claro y corbata de rayas. Son tres personas, van caminando del brazo por la calle. En el centro Charito, la hija de Manolo que era de la misma edad que mi madre. A su izquierda mi abuela, arreglada, aún con el pelo totalmente negro, cómo no, sonriente. Por detrás de la foto unas anotaciones: «Sevilla – abril 1948 Semana Santa». No está mi madre en la foto. ¿Estaría quizás con mi futuro padre de paseo, con Emma, con los dos? Detrás de ellos, que caminan por el puente de Triana hacia Sevilla, se ve parcialmente el tranvía pasando por el Altozano. También se ve la torrecilla de la Capilla del Carmen.

La niña Ana se volvió una joven muy atractiva, de esas de volverse la cara los hombres por la calle, cintura de avispa, busto generoso y cara guapa. Así aparece en otra foto de Semana Santa, pero saltamos a 1955. Por el puente de Triana van cruzando hacia el centro de la ciudad, ella con mi abuela, que lleva velo sobre el cabello y, un paso por delante, Charito con el que sería su marido, un poeta con cara de dandi, que luce traje cruzado, ella va del brazo de él, que esconde su mano en la chaqueta a la manera napoleónica. Es el Viernes Santo, 8 de abril de 1955, como está manuscrito al dorso de la foto, donde también aparece en este caso el sello del fotógrafo que realizó la toma: «FOTO MOLINA, Teléfono 29549. Azucena, 20. Sevilla». Uno de esos fotógrafos que, cuando casi nadie tenía cámara y, por supuesto, ni en sueños se pensaba en teléfonos móviles con cámara de fotos incorporada, se dedicaban a ofrecer sus servicios en plena calle y luego te mostraban las fotos a domicilio, casi nadie se negaba a quedárselas y pagar su importe.

Charito fue cantante, una de esas folclóricas de las que tan prolíficas fue la ciudad, y el barrio en particular. Con ella ejerció mi abuela de madre de artista. Viajaron, junto a una compañía de variedades de la época, por toda España, también por Marruecos, de donde aún conservo una buena colección de monedas antiguas también heredadas. Monedas que junto con otras muchas de diversas procedencias, se guardan desde hace décadas en una caja amarilla y redonda de plástico, yo creo que de leche en polvo, aunque está limpia de etiquetas. Precisamente en la misma *troupe*, iba lo que entonces se llamaba un rapsoda, un recitador de versos, poeta a su vez también y pintor aficionado. Charito y él se enamoraron, se casaron y tuvieron un niño que nació casi a la vez que yo. Fuimos muy amigos de pequeños, primos muy cercanos, hasta que esas rencillas absurdas de familia, originadas no se sabe por qué, nos separaron en la vida por la discusión de nuestros mayores. Precisamente en el patio de la casa de Charito, que se fue a vivir a un pueblecito de casitas blancas del Aljarafe, aparecen en una simpática foto ella, mi madre, Emma y mi padre, agachado delante de las tres mujeres; por detrás la anotación de Emma: «Andalucía y Galicia se unen en una sincera amistad (sin fecha)». Hay otra foto, parece que del mismo día, donde las tres mujeres, en el mismo patio, aparecen sentadas, muy juntas, mi padre no está, en cambio, delante de ellas lo que sí hay es un balde de agua, de aquellos metálicos, de zinc, dos cubos y una regadera, la anotación de Emma por detrás no deja de tener su gracia: «¡Vaya trío! Si en vez de agua fuera vino no estarían tan llenos...».

La vida de mi abuela fue de trabajo hasta el final de sus días, pues si bien se jubiló de su ocupación en el cine, siguió hasta el último momento con sus constantes fregoteos en la casa, cocinando y planchando, por cierto, nunca se acostumbró a las modernas planchas de vapor, ella seguía apretando la plancha contra la ropa como en aquellas viejas planchas eléctricas que no llevaban depósito de agua.

Recuerdo ir con ella de la mano a cobrar su pensión cada primero de mes a la caja de ahorros que había en el Altozano, allí me regalaron mi primera hucha. Siempre, a la vuelta, parábamos en un pequeño comercio que había en la calle Callao, donde mi abuela me compraba algún juguete, normalmente un cochecito a escala, vehículos militares o, recuerdo uno muy especial, el coche de Franco con la escolta de motoristas.

8

Un gatito y yo

No me voy a referir en este capítulo a la lucha constante que mantuve en mi casa, de pequeño, por recoger
animales callejeros perdidos, me refiero en concreto a
gatos más o menos pequeños, batallas que nunca gané
aunque me quedase en la escalera con el bichito en
cuestión, sin querer entrar en el hogar materno hasta
que no se me permitiera hacerlo con el minino encontrado, vano empeño en todas las ocasiones.

No, me refiero en este capítulo a la aparición en esa
colección de fotos de dos muy simpáticas y, donde por
cierto, no es la mía la mejor. En una de ellas, efectivamente, entro en escena. No tiene fecha, pero por mi
apariencia, ya de pie, pero todavía chupete en boca,
debo de tener poco menos de un año, o sea, principios
de los 60. La foto recoge mi cuerpecito entero en una
escalinata de piedra, Emma, agachada, me sujeta con
su brazo izquierdo por la cintura, mientras con el derecho sostiene el mío dirigiéndolo al objetivo de la cámara como diciéndome «mira al pajarito», de hecho
se le ve hablando, yo, ajeno al protagonismo fotográfico, tengo los ojos semicerrados por el sol y un gesto

de no estar muy a gusto. Emma luce su pelo corto, unas gafas oscuras y un gran bolso tipo «Kelly» que sujeta en primer plano cogiendo en la foto un gran protagonismo. No tiene inscripción por detrás, pero sí los restos pegados de la hoja de un álbum de donde fue arrancada en su día para pasar a la colección de la caja, quizás en un empeño por recopilar todas las fotos y postales de Emma en un mismo sitio.

La otra foto a la que me refiero, mucho más encantadora que la mía, triunfaría hoy día en las redes sociales, o si fuese actual y Emma tuviese un muro en Facebook, tendría un montón de «me gusta». Aparece ella, guapísima, de medio cuerpo con un encantador cachorrito de gato al que mira sonriente. Por la casa que aparece al fondo parece que la foto está tomada en algún sitio de Galicia, probablemente en alguna visita veraniega a su pueblo natal. Un blanco y negro que resalta el contraste de la piel tostada de Emma con el vestido claro, sin mangas y con cuello en pico que luce, junto a unos pendientes blancos y redondos que también resaltan sobre el moreno de su rostro, pelo corto con un gracioso flequillo. En la muñeca izquierda, la mano con la que coge al gatito, un elegante reloj de pulsera masculino con correa de cuero y esfera clara. Por detrás, sin fecha, la dedicatoria: «Para Ana, con todo cariño. Emma (firma grande y legible)». Es una de esas fotos en papel duro con el borde lobulado.

9

Tres amigas en Venecia

Una foto suelta. Un paisaje del Gran Canal de Venecia. Al otro lado, la cúpula y el campanile de San Marcos. Tres amigas en un embarcadero de góndolas. Por detrás la anotación de Emma: «A Ana con mucho cariño. Emma». Esto escrito con estilográfica, abajo en pequeño y a lápiz: «Venecia mayo 1956».

Emma está delante de una de las tres mujeres, casi tapándola, ¿la misma que aparece con la cara cortada en la toma de otras fotos? Más retrasada una mujer que parece alta, con vestido claro y una chaqueta sobre los hombros. La de detrás de Emma, de oscuro, ella con un abrigo cerrado, claro, con la mano izquierda en un bolsillo, de su brazo cuelga un bolso de piel, en la mano derecha un pitillo encendido. Emma se deja caer, apoyando su codo sobre la barandilla del embarcadero, mientras su mirada se fuga de la foto por la derecha, mirando al horizonte.

No hay comunicación entre las tres, no hay miradas, ni complicidad. ¿Compañeras eventuales? ¿Amigas viajando juntas? ¿Cómo serían los viajes de estas jóvenes españolas de los años cincuenta solas por

Europa? Jóvenes llegadas en el aluvión del desarrollismo al Madrid de aquellos años, cuando España comenzaba a dejar atrás el hambre de la posguerra, cuando los americanos, a cambio de las bases militares, le echaron un cable a Franco, «ese gran anticomunista» (en plena Guerra Fría). Cooperativas agrarias, pueblos de colonización, industrialización, creación de la clase media y una ingente población en continua migración del campo a la gran ciudad.

Mujeres trabajadoras en una España de amas de casa. Mujeres viajeras en una España encerrada en sí misma. Mujeres liberadas en una España de estricta moral católica. ¿Cómo serían vistas en su entorno? Por sus familias, sus compañeros de trabajo, sus jefes…

Sin embargo, en apariencia y hasta donde yo sé, la vida de Emma parecía desarrollarse sin problemas. Su trabajo en RENFE, sus viajes anuales, sus amigas de copas y salidas. También la vida con sus sobrinas, fotos en color que también enviaba a mi madre, como la de esa encantadora niña sonriente, con bikini, en una piscina, rubita, de pie sobre una toalla: «Nuria a los 5 años». O un rollizo y sonriente bebé tumbado sobre una toalla contra los azulejos blancos de un cuarto de baño: «Natacha a los 5 meses». Ambos reversos con los sellos rojos: «Esta es una COPIA KODACOLOR hecha por Kodak». Y una alegre niña sin nombre, con un gorrito y guantes de lana, que mira sonriente a su muñeca cabezona: «1 año y 7 meses (1964)». Es la única anotación de la foto, sin nombre que la identifique, supongo que mi madre sabría de quién se trataba sin nombrársela o quizás la foto acompañaba a una carta, esas cartas perdidas.

Igual que Emma le enviaba a mi madre fotos de sus

sobrinas, ella le enviaría fotos de mi hermana y mías. No sé, nunca he sabido de esas fotos, quizás copias de las que andan por casa, también con anotaciones del mismo tipo, con la edad simplemente.

Grupos de mujeres que se repiten en varias fotos, unas cuantas sin ningún tipo de identificación al dorso. En un coche de caballos en la sevillana Plaza de América, aparecen subidas hasta cinco de ellas, entre otras mi madre, que también posa con una de esas desconocidas delante del edificio del Casino de la Exposición, delante de la Plaza de España con Emma y también un par de ellas en el puente de San Telmo. Mujeres de turismo por Sevilla, probablemente el grupo viajero de Emma, que en esta ocasión decidieron ir a esa ciudad a conocer a la amiga sevillana de Emma.

10

HOMBRES CON BRILLANTINA

Lo mismo que encontré esa vieja caja de madera con fotos, postales y tarjetas de felicitaciones navideñas, había diferentes sobres y bolsas con muchas más fotos. Incluso fotos que me atrevería a datar en el siglo XIX y principios del XX. Mayoritariamente de mi abuela María Isabel, en algunas aparece incluso niña. La mayoría de las personas que aparecen en esas fotos tan antiguas ni siquiera sé quiénes son, aunque indudablemente de la familia o personas cercanas a mi abuela, sobre todo. Algunos, por los rasgos físicos, por la compañía en la foto de alguien de quien sí tengo referencia, lo puedo más o menos ubicar familiarmente. Otras veces hay anotaciones en la parte trasera que crean más incertidumbre que aclaraciones, frases del tipo: «Fernando de soldado», sin mayor aclaración de parentesco, fecha o lugar. Fotos de estudio, fotos de excursiones campestres, cómo no, fotos de personas andando por la calle.

La contemplación de todos esos retratos me hace

pensar en lo poco que en realidad conozco del pasado de mi familia. De mis abuelos e incluso de mis padres, no digamos ya de tíos y primos o demás allegados y antecesores. Ahora me arrepiento quizás de no haber preguntado más cosas, de no haber intentado averiguar el porqué de muchas cosas... y de muchos silencios familiares. En realidad me pasa igual con otras cuestiones de la vida, ya sea literatura, arte e incluso política. Lo digo por haber sido contemporáneo, aunque yo muy joven y las personas en cuestión ya al final de sus vidas, de personajes famosos o no tanto, pero que han sido y son admirados por mí y a los cuales, en mi labor de historiador y periodista, podría haber tratado de conocer personalmente, hablado con ellos, quedarme con su testimonio en vivo. Todavía recuerdo aquella tarde, una de tantas, en el Café Gijón, cuando vi por primera vez, estaba en la mesa de al lado con un chico, a Paco Umbral, ojalá me hubiese atrevido a dirigirme a él, o a José Luis Coll, que frecuentaba una tertulia donde también estaban los actores Manuel Alexandre y, el famoso por la serie *Curro Jiménez*, Álvaro de Luna, el Algarrobo, nunca me atreví a hablar con ninguno, siempre he seguido la política personal de no molestar a personas que no me conocen, por supuesto, no soy ni de los que piden autógrafos, salvo en las presentaciones de libros que me puedan interesar y siempre, claro, para que el autor me lo firme una vez comprado, ni mucho menos le pido a nadie que se haga un *selfie* conmigo, ni siquiera en actos donde estoy invitado y conozco al protagonista, salvo raras ocasiones que puedan haber sucedido y, probablemente, nunca por iniciativa mía. Una vez, y fue la mayor intimidad que compartí con uno de estos personajes, coincidí en el servicio del Gijón con Coll, cada cual en uno de esos urinarios grandiosos antiguos de la marca Roca, haciendo nuestras cosas. A otros personajes del mundo del arte y la literatura, los he tratado por motivos profesionales. Además que la edad, lejos de hacerte más prudente, te suele hacer más impertinente.

De mis abuelos varones no conocí vivo a ninguno. Solo los he visto en fotos, esas antiguas fotos en blanco y negro. Y solo tengo los testimonios, pocos y repetidos como salmodias a lo largo de la historia familiar de mi niñez y juventud. Una cosa en la que coincidieron los tres, y digo tres incluyendo a la segunda pareja de mi abuela María, es en el corte de pelo y el peinado. Por otro lado, un estilo común en muchísimos hombres de antes y después de la Guerra Civil, aunque quizás se llevó más después de esta. Me refiero al pelo peinado hacia atrás, corto pero con los mechones largos recorriendo desde la frente hasta la nuca con un perfecto fijador brillante, recuerden a personajes tan famosos como el actor de cine mudo Rodolfo Valentino, o al gran ídolo del tango, Carlos Gardel, por ese estilo voy, como nuestro Alfredo Mayo, por citar un actor español estrella en su época, que era más mayor que mi padre y más joven que mis abuelos. No era una cuestión de derechas o izquierdas, aunque quizás se tienda más a pensar que es, por su permanencia en algunos hombres actuales, un estilo más de conservadores que de progresistas. Supongo que a esta idea contribuyó el que fuese el estilo de corte de pelo adoptado en los ochenta y noventa por los yupis neoyorquinos y clonado por nuestros más populares banqueros, tipo Mario Conde.

Aquel fijador, el de aquellas fotos en blanco y negro, no solía ser esa crema pegajosa que popularizó John Travolta en la película *Grease*. Era más bien un líquido transparente, como una colonia, que no se llamaba fijador, ni por supuesto gomina, sino brillantina. Mi padre lo usaba, si no recuerdo mal su marca era Lucky. Aunque con el tiempo me sorprendía que ya ni siquiera le hiciese falta la brillantina, simplemente mojaba el peine en el agua del grifo del lavabo y se peinaba hacia atrás, y así le duraba el peinado todo el día, por cierto, le daba mucho coraje que le tocaran la cabeza, yo a veces lo hacía para cabrearlo, aunque mi padre era incabreable, no he conocido mejor persona en mi vida, rara vez lo vi enfadado y, por supuesto, jamás nos puso una mano encima ni a mi hermana ni a mí.

A pesar de que se diga que la época de Franco era tremendamente machista, que lo era, la verdad mundial, es que la Tierra era un planeta dominado por el macho, y hay quien dirá, ¿era? No entremos en ese jardín. No voy a referirme a civilizaciones orientales, islámicas y demás, ni retrotraerme a la Edad Media. Piensen solamente en la visión edulcorada de los anuncios publicitarios de los Estados Unidos en la década de los 50. Esa visión del *american way of life*, de una clase media acomodada, de blancos viviendo en sus barrios de blancos, con sus casitas unifamiliares con jardín, cerquita de madera pintada de blanco, con el garaje donde luce en la puerta un aerodinámico Buick, un Chevrolet, un Oldsmobile o un impresionante Cadillac . Esas maravillosas esposas ejerciendo de amas de casa perfectamente arregladas, faldas con polisón y zapatos de tacón, con un discreto collar de perlas y una melena rubia perfectamente cuidada. Ella esperando en su impoluta casa, amueblada con los más modernos electrodomésticos, cuidando de unos niños que respiran salud y bienestar en sus rojizos carrillos y en sus graciosas pecas, esperando la llegada del padre, que aparcará su enorme Cadillac en la entrada, dejará su gabardina y su sombrero en la puerta, recogido por su señora que ya le tiene preparada la pipa y las zapatillas, que le llevará un *whisky on the rocks* con soda a su sillón favorito, mientras él, después de la dura jornada en el *center town*, después de compartir tren con decenas de hombres iguales, traje oscuro, camisa blanca y corbata, leyendo el periódico del día, se dispone a ver su programa favorito en la recién llegada televisión.

España era un mundo de hombres pensado para el hombre, reyes, dueños y señores de todo. Y la mayoría de esos hombres llevaban brillantina y el pelo peinado hacia atrás. Mi abuelo, Manolo, el padre de mi padre, héroe de la Guerra Civil, llevó al aviador García Morato en su ambulancia tras un accidente sufrido por el as de la aviación «nacional» en una de sus incursiones en el Frente de Andalucía, era sargento del Ejército del Aire destinado en Automovilismo. Yo no tengo esa foto, pero una de mis tías, hija suya, sí guarda una de él con el uniforme azul de Aviación. La que yo tengo es de después de la Guerra, apoyado en el mostrador de cristal de una perfumería que, al parecer, regentaba. Chaqueta de *tweed*, corbata, el pelo con brillantina y un bigotito de esos finos que gastaban entonces, serían los años 40 del siglo XX, actores tan famosos como el citado Alfredo Mayo, encarnación en el celuloide del héroe militar franquista, que actuó en películas de exaltación del bando ganador de la Guerra, como *Harka*, ¡A mí la Legión! o la emblemática *Raza*, con guion del director, José Luis Sáenz de Heredia (primo de José Antonio Primo de Rivera) sobre una historia del mismísimo Caudillo, Francisco Franco, que firmaba como Jaime de Andrade.

Además de la perfumería, mi abuelo Manolo, parece que tuvo en propiedad dos o tres taxis, mi padre pensó que heredaría al menos uno de ellos, probablemente esa fue una de las causas de que no se quedara en Aviación, él y mi tío Fernando, que sí hizo carrera en el ejército, estuvieron cumpliendo el servicio militar en el aeródromo de Tablada (Sevilla), lógicamente «enchufados» por mi abuelo. Mi padre, al final, no heredó nada, solo la obligación de trabajar en un taller mecánico desde muy joven para ayudar a la abandonada familia, su madre y sus dos hermanas, que también se pusieron a trabajar pronto. Digo abandonada porque mi abuelo Manolo dejó a la familia y se fue a «vivir su vida», también cosas muy de aquel tiempo sin divorcio legal, por cierto. De lo que fue de los taxis u otros negocios nunca lo supe.

Lo que sí me llegó de mi abuelo Manolo fueron sus plumas estilográficas. Por cierto, plumas que ahora son las inquilinas de la famosa caja de madera donde encontré las fotos, que pasé a un sobre. Son unas quince estilográficas, casi todas Parker, *made in* U. S. A. de los años 40 y 50. No tengo ni idea de lo que valdrán, pero si algún coleccionista está interesado que me localice.

Solo he visto una foto, pequeña, tipo carnet, de mi abuelo Luis, el padre de mi madre. Según mi abuela yo soy su vivo retrato, no lo tengo muy claro, si bien es verdad que en esa foto y con su misma edad, pongamos unos 30 años, el parecido es razonable, aunque él aparece con el pelo fijado hacia atrás y bigote.

Una cosa tenían en común mis dos abuelos biológicos, al igual que otros muchos hombres del pasado, y bastantes del presente, ambos tenían sus amantes. De hecho podríamos decir que la amante de mi abuelo Luis era mi abuela, ya que él formó otra familia, con otra mujer, que fue la suya legal. El proceso de mi abuelo Manolo fue distinto, dejó a mi abuela Amparo después de tener tres hijos con ella, entre ellos mi padre, el mayor. Un día, sería finales de los 60, visitó mi casa un señor que se presentó como hermanastro de mi padre. Al parecer, después de pasar por la brigada paracaidista y no sé cuántas ocupaciones más, emigró, como tantos miles de españoles de la época, a Alemania, de allí traía un Mercedes que fue un impacto entre los vecinos de mi calle, me dejó montarme en el lujoso coche. Después no volví a verlo, por lo visto, a mi padre no le hacía mucha gracia su trato, no sé si por él, o por haber sido hijo del mismo padre y diferente madre, yo era muy pequeño y naturalmente esas cosas ni te las explicaban ni se preguntaban.

De la pareja de mi abuela María, aquel viudo que aportó cinco hijos, no tengo datos, ni de dónde era, ni cómo apareció en la vida de mi abuela, ni en qué trabajaba, ni cómo ni cuándo murió. Ya digo que en la familia muchas cosas se daban por sabidas y no se comentaban apenas. Sí conocí y tuve trato con algunos de mis «primos», hijos de aquellos niños aportados por él a la pareja. Sobre todo recuerdo a Manolito, un chaval algo mayor que yo, él, con su familia, vivía en Isla Mayor (La Isla), entonces Villafranco del

Guadalquivir, cuando venían a Sevilla para algunas gestiones, se quedaba a dormir en mi casa. Lo recuerdo moreno de campo, como su madre, traían todos un cierto olor peculiar, ni bueno ni malo, como de pueblo me parecía a mí. Luego lo he tratado de mayor, a él y a su mujer, que trabajan en un lujoso hotel sevillano.

Recuerdo que una vez Manolito participó en una de esas demostraciones gimnásticas que tanto gustaban en el Régimen. Mi madre y yo fuimos a verlo. Formados cientos de niños en las recién inauguradas instalaciones deportivas de Chapina, en su campo de césped, todos en línea, con calzonas azules y camisetas de tirantas blancas, ejecutando sincronizados ejercicios que, desde la altura de la grada, impresionaban por su coordinación.

El hombre, me refiero a esa segunda pareja de mi abuela María, que también se llamaba Manolo, como mi abuelo paterno, aparece en algunas fotos y siempre le he visto cara de buena persona. Un poco a lo Edward G. Robinson, bajito y con el rostro ancho. Siempre con chaqueta, aunque hay una foto de una de esas giras campestres donde aparece con camiseta interior de tirantas y un pañuelo anudado al cuello en plan campesino.

Me pregunto cómo serían sus voces. Cómo se habrían comportado conmigo si me hubiesen conocido. Ni siquiera sé si mi abuelo Luis murió antes o después de que yo naciera.

Hombres marcados por una Guerra, acostumbrados a ser independientes y no tener que dar explicaciones en casa de sus actos. Con una vida aparte que tampoco tenían por qué comentar con la familia. Ni del trabajo ni de sus amigos ni de sus sitios de ocio, bares o salas de fiestas. Supongo que todos no serían así, naturalmente, pero por lo que me llega del comportamiento habitual y por lo que yo alcancé a vivir de pequeño, era más que frecuente que esa fuese la pauta de los hombres españoles de la época.

Curiosamente, de mi padre no tengo esa percepción. No bebía alcohol y dejó de fumar siendo yo pequeño aún. No le recuerdo salidas sin mi madre, no tenía un grupo de amigos con los que se iba de bares, salvo cuando los domingos que tocaba iba al fútbol, toda la vida detrás de la portería del Gol Sur de Heliópolis y, ya en el tramo final de su vida, en una especie de tertulia que los sábados por la mañana citaba a unos cuantos de su generación y de su ambiente laboral, en un conocido local de compra venta de coches que tenía un famoso empresario del ramo en la sevillana Alameda de Hércules.

11

AMPARO

De las mujeres que aparecen en esta historia es, seguramente, de la que menos conozco. Tengo fotos de ella, algunas conmigo. La madre de mi padre murió cuando yo tenía 3 años, pero, al parecer, fue suficiente para que pasara mucho tiempo cuidándome. Iba andando desde su casa en la Puerta Osario hasta Triana, me recogía en mi cochecito de bebé y me llevaba de paseo.

En las fotos de esa época ya aparece con el pelo blanco, pero absolutamente blanco, de un blanco reluciente y puro. No sé qué edad tendría ella por entonces, ya digo que ni sé cuándo nació, y si me lo dijeron no me acuerdo, ni dónde, recuerdo, por lo que me contó mi padre, que era cordobesa de Palma del Río o de Puente Genil, pero no sé ni cuándo llegó a Sevilla ni cómo y de qué manera conoció a mi abuelo, ni cómo afrontó el abandono de este, a ella y a sus tres hijos.

Mi abuela Amparo tenía cara de eso, de abuelita, su pelo blanco, sus gafas, detrás de las cuales se veía una mirada miope. Traté más con sus dos hermanas, que le sobrevivieron, mis dos tías abuelas, ambas muertas bastante después y ambas con un Alzheimer devastador, con ese punto extraño de casi todas las mujeres de esa rama de la familia, lo cual, por desgracia en una de sus peores manifestaciones, afectó a mi hermana, pero de esta ya hablaré más adelante.

Poco más puedo contar de esta mujer de pelo corto y níveo. A no ser que me remita a otra caja de madera antigua. Esta más pequeña, con tapa corredera, como los viejos plumieres del colegio. Dentro de ella hay varios sobres con fotos antiguas y en algunas aparece Amparo. Hay una en la que está ella sola, con su vestido negro, con sus gafas, mirando muy seria y de frente a la cámara del fotógrafo; detrás de ella una reja. No hay fecha ni inscripción. Una mirada un tanto perdida, quizás pensando su papel en la vida, quizás con la resignación de que así son las cosas para las mujeres, ¡qué fácil ser hombre! Volando libre cómo y por dónde se quiera. Ella amarrada a su casa, a sus tres hijos, sin saber, sin pedir explicaciones, en la rutina del pasar diario. Tiempos de lavar a mano, de cocinar en carbón, de bañar a los niños en baldes con agua calentada al fuego y acarreada en palanganas o cubos. Tal vez escuchando el serial en la radio de alguna vecina. Para Amparo no había Feria, ni Semana Santa, ni fiestas más allá de mi cumpleaños, nieto único por entonces, ni siquiera llegó a verme vestido de comunión.

Hay otra foto de ella, sentada, sostiene un bebé en sus brazos, al que sonríe y hace carantoñas. El niño, soy yo el de la foto, viste un «buzo» de lana con la capucha puesta, en una soleada pero probablemente fría mañana de invierno.

Un capítulo corto, no acorde con la importancia

que tiene el personaje para el devenir vital de los demás, de los que crecimos en el nombramiento constante de su recuerdo, en la mitificación de la madre abnegada, de la abuela cariñosa, una imagen en blanco y negro, un recuerdo en movimiento suscitado por las historias contadas que, con el paso del tiempo, creemos vividas.

Qué reales esos recuerdos que, a base de ser repetidos continuamente en las reuniones familiares, creemos firmemente que estuvimos allí, de hecho, en nuestra mente, vemos perfectamente la película de algunos momentos donde, la verdad, no somos conscientes de que son historias contadas, aunque en realidad estuviésemos allí, ¿memoria vivida o impuesta? Da igual, estuvimos y lo vivimos, la secuencia, si no fue esa, fue muy parecida.

No hay una tumba donde visitar a ninguno de los abuelos. Sus restos serán ya parte indisoluble de dónde quiera que al final terminaran sus restos. Y mejor así, libres de esos sitios de muerte y putrefacción al que nos somete la autoimpuesta obligación de visitar las tumbas de los seres queridos, esos que ya no están allí, solo la imagen terrible, como si tuviésemos rayos X en la mirada, que nos sirve de recordatorio de que algún día nosotros también seremos polvo, huesos, cenizas. Una vánitas barroca tan propia de nuestra mediterránea visión del mundo.

12

MARÍA

María Isabel nació en 1898. Año trascendental en la historia de España. Por una parte, el lamento por la liquidación del perdido, hacía ya décadas en realidad, imperio. Guerra de Cuba y Filipinas, desastre militar y choque brusco con la realidad de lo atrás que se había quedado España con respecto a otras potencias internacionales. Por otro lado, y como es habitual en nuestra trayectoria como país, el contraste con el surgimiento de una importante generación de intelectuales, de escritores, la llamada Generación del 98. Surgida, como en nuestro Siglo de Oro, en el seno de un país desgobernado, errante en lo político y económico (una cosa va unida a la otra).

Hay una foto de la pequeña María Isabel, quizás con siete u ocho años, con un vestidito elegante, de principios del siglo XX. Una foto de estudio cuidada, el pelo con unos graciosos tirabuzones recogidos por un gran lazo de raso. Zapatos de charol, calcetas altas de croché. Una niña que bien podría ser de clase alta o, al menos, de un estatus de familia acomodada.

¿Cómo pasó esa niña que se adivina feliz, cuidada,

bien vestida, a esa mujer sola, madre soltera y empleada de un cine de barrio? Lo desconozco. ¿Ruina familiar?, ¿expulsión del seno de la familia por quedarse embarazada sin estar casada? De aquel padre de apellidos rimbombantes y empleo de alto nivel, pasó al cuidado de sus tíos, gente de dinero de un pueblo de la Sierra Norte sevillana, que la criaron, ¿y su madre?

Pasamos a una foto de Feria. Un avión de cartón, con tres huecos para posar de medio cuerpo, simulando que se va pilotando. Dos hombres, uno mi abuelo Luis, una mujer, María, su rostro, joven aún. Serían los «felices años veinte», se parece tanto a la María abuela. Sin pintar, sin maquillaje, con esos carrillos encendidos habitualmente, tan suyos, la cara ancha, la sonrisa abierta, la mirada brillante y confiada. Nunca se le vio perder esa sonrisa, así aparece siempre, en reuniones familiares, en celebraciones, en grupos con compañeras de trabajo.

Precisamente hay algunas fotos de una celebración laboral, quizás la jubilación de una compañera, o la suya tal vez. Gran salón, mesas de madera corridas como para un banquete. Sobre las mesas platos de jamón y queso cortado en cuñas. Muchos botellines de cerveza Cruzcampo, aquellos quintos de botellas «gorditas», y vinos, Fino Carta Blanca de Bodegas Agustín Blázquez y Rioja Paternina Banda Azul, el tinto habitual de celebraciones y «mesas vestidas» cuando se quería algo un poco más formal en las casas más corrientes. Mujeres en traje de faena, mujeres alegres, compañeras del día a día. Muchas tendrían historias parecidas a la de mi abuela.

Una mujer sola, afrontando una guerra en las puertas de su casa con una niña de apenas diez años.

La mudanza a la casa donde yo nací. La vida alegre y triste del hambre, de las carencias, pero la buena vecindad, el trato cercano, con sus peleas y sus querencias con los vecinos. Como mi entrañable tata, la vecina de enfrente, con su enorme marido, que a mí me parecía un gigante cuando lo veía con su pelliza de cuero de maquinista de trenes. Cuando se iba para León, ida y vuelta, nunca se olvidaba de traerme unos chorizos y unas morcillas castellanas. Sus hijos, el mayor, como él, grande y fuerte, que aparcaba en el pasillo de la entrada de la casa de vecinos su Ducati, que fue de mayor héroe condecorado de la Policía, y su hermana, que me cuidaba, mi primer amor, yo con 7 u 8 años, ella con unos 20 o algo menos, yo le preguntaba si me esperaría para casarnos, ella me decía que sí, no lo hizo. Y el pequeño, que me regaló unos galones de cabo y las chapas de la guerrera, dos bombas de artillería, cuando regresó de la mili. ¿Dónde estarán todos?

María fregaba el suelo arrodillada sobre un cojín de goma espuma, con un cubo de zinc y una aljofifa (algofifa decíamos nosotros). Siempre estaba limpiando, con un paño blanco en la mano, ropa vieja reciclada en «trapos del polvo», como siempre se ha dicho, luego aparecieron esas bayetas amarillas. Planchaba, dando golpes como si fuese a alisar la ropa a base de ellos. Subía a tender a la azotea, cuatro pisos sin ascensor. Cocinaba… y me decía: "Qué pena que no hayas sido niña, con lo que te gusta la cocina", porque yo siempre estaba entre pucheros, enredando, preguntando cómo se hacía esto y aquello y qué ingredientes llevaba cada cosa. La cachonda, aprovechando mi curiosidad por todo lo referente al cocinado, me dio un día una botella, «¿quieres probar este vino?», me dijo con sonrisa picarona, que yo acepté del mismo modo, le di un buche y era aceite, me pareció asqueroso.

De su mano iba cada primero de mes a la Caja de Ahorros del Altozano, ya lo he referido antes, ya de mayor, jubilada, a cobrar la pensión, porque siempre caía un juguetito en la pequeña tienda de la calle Callao o en la juguetería que había en la puerta del Mercado de Triana que daba para Castilla. Mis favoritos eran las miniaturas de vehículos militares. Recuerdo aquí, de nuevo, un mes especial, me compró el coche de Franco, uno de ellos, una limusina americana negra, con su escolta de motoristas. O aquel, eso fue en Reyes, Citroën «Tiburón» verde con el techo blanco, que se conducía con un mando con volante unido con cable, se le abrían las puertas y se subía el capó delantero.

Ya he hablado de su matrimonio con un viudo. De repente, aquella casa de dos mujeres solas, se llenó de gente, no sé cómo cabrían en aquellas tres habitaciones. Las fotos de la época solo hablan de sonrisas y felicidad, claro que probablemente, en un tiempo, no tan lejano, donde el mundo digital no existía, no se tiraban tantas fotografías, solo se buscaba la pose mejor y más sonriente. Hoy las fotos, con los dispositivos móviles, están machaconamente presentes, a cada hora del día, en cualquier circunstancia. Ahora sufrimos el horror de soportar la vida en directo de cualquiera. Fotos que no importan a nadie, fotos comprando, haciendo gimnasia (aparentemente), posando en el cuarto de baño con ropas más o menos horribles, lo peor, fotos de heridas, de camas de hospital, de análisis clínicos que nos meten en las redes sociales como si tuviesen la importancia de una operación a corazón abierto, fotos con niños, con ancianos decrépitos, fotos de gordos y gordas sin complejos, y no digamos las mascotas, los archicursis de los perros y los gatos. Y me abstengo de entrar en el mundo de los videos, TikTok y todo eso.

Antes había que tener más cuidado con las fotos. Un carrete de 12, 24 o 36 fotos como mucho, que era caro, por lo que había que procurar que cada disparo de la cámara hiciese bien la foto para no desperdiciar película. Y luego tendríamos que llevar el carrete al laboratorio para ser revelado, más dinero. Teniendo cuidado de que las fotos no saliesen movidas, borrosas, cada foto única, no podías disparar 20 veces para la misma foto, a no ser que quisieras arruinarte. Se fotografiaban las fiestas, los cumpleaños, los viajes importantes, los momentos de alegría, los encuentros, las bodas… No digamos más atrás, cuando solo te podía hacer una foto un profesional.

Llegó la modernidad de las cámaras más populares, las Kodak Instamatic y similares. Como dirían ahora, la fotografía comenzó a democratizarse, era mucho más asequible. Todos los niños pedíamos una como regalo de primera comunión.

Mi abuela María se quedó un día dormida y no volvió a despertar, así estuvo varios días. Yo estaba trabajando entonces en Valencia, me dieron permiso, pero cuando llegué ya estaba todo decidido. Nunca despertó de ese sueño. Estaba igual, el pelo corto, blanco, la cara ancha con sus pecas y sus carrillos sonrosados. Nunca más volvería a pegarle un trago al aguardiente del mueble bar cuando se quedaba sola en casa, a comerse el puchero con media naranja y las lentejas con media cebolla, a emocionarse con las novelas de la televisión, cuando esta sustituyó en todas las casas a las novelas de la radio que, no obstante, siguieron siendo muy populares durante varios años, conmoviendo a los oyentes, como si los personajes de las historias radiadas fuesen reales, indignándose con los malos y haciendo comentarios en voz alta sobre la trama, hasta con enfado a veces.

Mujer de pies y manos anchas, dedos como de un dibujo animado japonés. Piernas fuertes, pero bien torneadas, piel muy blanca, con los antebrazos y los hombros cubiertos de pecas, decía que se quitaban frotando con «rabillos de pasas», pero se ve que nunca le habían hecho efecto. Vivió con su hija hasta el último día, de los otros, los que adoptó y crio como si fuesen suyos, poco más se supo.

Mi hermana heredó su nombre, pero poco más, mucho más inteligente y culta, mucho más débil y desgraciada.

13

MARIBEL

Todavía, muchas veces, tengo la impresión de haber sido hijo único. La verdad es que lo fui hasta los seis años, no solo hijo único, sino hasta entonces, cuando nació mi prima Amparo, unos meses antes que mi hermana Maribel, anticipándose al nombre que esta hubiese tenido de nacer la primera, también fui nieto y sobrino único. Quiero decir con esto que fui el niño mimado, acostumbrado, incluso en el seno de una familia tan humilde económicamente, a tener casi todos los caprichos, aunque dicha sea la verdad, tampoco fui un niño de antojos caros, salvo por una cosa, quería a toda costa un Scalextric, que terminó llegando una mágica noche de Reyes Magos. Me lo encontré montado y todo, en el comedor del viejo piso.

Lamentablemente volví a ser hijo único demasiado pronto. Mi hermana Maribel solo estuvo con nosotros 30 años. Murió joven, muy joven, demasiado pronto. Llevo veinticinco años intentando decirlo de alguna manera, pero, al fin y al cabo, no hay otra forma de decirlo, así, fácil, concisamente: murió muy joven, demasiado pronto. Lo repito. Después de decirlo así, sencillamente y de manera directa, podemos describir las circunstancias de una muerte prematura, sus causas, sus orígenes, si fue posible haberlo impedido, o no. Luego están los tópicos, aquello de que no es natural que los padres sobrevivan a los hijos. En realidad, en estos casos, no lo hacen, al menos la mayoría de las veces, o, por así decirlo, lo hacen de otra manera, amputados por dentro, supongo que preguntándose el resto de sus días ¿por qué? Si hicieron algo, o mucho, mal, si podrían haber enfocado las cosas de otra manera…

Creo que a los hermanos mayores nos pasa algo parecido, o incluso peor, porque estamos más cercanos en el tiempo, en la edad y, probablemente, en casos como el de Maribel, sobre todo, queda la sensación de poder haber sabido entender mejor lo que ocurría en su mente, haber estado más cerca, hablar más… Esto pasa con todos los muertos, creo yo. Siempre pienso que tendríamos que haber hablado más con ellos cuando estaban vivos. Naturalmente, con las personas más queridas y cercanas. Me ocurrió también con mi padre, al que echo mucho de menos, mucho más de lo que pensaba cuando se fue. Con mi madre no tanto quizás, aunque si le preguntaría muchas más cosas, ella podría haber sido la fuente principal de información para esta historia. ¿Ven? El egoísmo de los hijos para con los padres va incluso más allá de la muerte, en muchos casos más que mientras vivían.

Maribel fue una niña alegre, de piel blanquísima, marca de la casa. Con una cara sonriente, pecosa, de ojos redondos y labios carnosos, todo enmarcado por unas bonitas trenzas rojizas, de las que yo le tiraba algunas veces para hacerla rabiar, sobre todo cuando pasaba andando entre la perfecta formación de mi tropa de pequeños soldados de plástico alineados en el suelo del salón, «juguete completo, juguete Comansi». Ella, pequeño ser inconsciente, ponía sus aún indecisos pies entre las filas marciales, desbaratando la formación en un momento, convirtiendo el orden en caos entre las diminutas figuras uniformadas, como si se tratara del monstruo, Godzilla, que veía en las películas japonesas en el cine de verano, destruyendo Tokio una y otra vez.

Esa niña alegre y graciosa se convirtió en una jovencita atractiva y alegre, a la que le gustaba vivir la vida de una juventud que apenas había conocido la época pasada. Yo, por ejemplo, me había educado en un colegio religioso viviendo aún el general Franco. Maribel se libró pronto del colegio de monjas, y digo se libró porque tuvo una mala experiencia con un cura confesor que la aterrorizó siendo muy niña, con la culpa del pecado y la condenación en el infierno, lleno de demonios terribles. La pobre pasó muy malas noches con aquel asunto e incluso mis padres tuvieron que entrevistarse con la madre superiora del colegio/convento para tratar el tema, sin grandes resultados me temo.

La mudanza familiar propició el cambio y en el nuevo barrio fue a un colegio público. Luego entró en la universidad y, cuando finalizó la carrera, todo fue cambiando de pronto. La jovial y festiva jovencita se convirtió en un ser huraño, siempre encerrada estudiando, obsesionada con la dieta y sus oposiciones a profesora de instituto. Ninguno entonces habíamos oído hablar de anorexia. A mí me coincidió con mi etapa más callejera, la movida y el trasnochar eran mi día a día y prestaba demasiada poca atención a los problemas de casa, era un inconsciente. Había empezado a trabajar y me veía con dinero propio para gastar a mi antojo, mala cosa, porque además ayudaba poco en casa, donde, por cierto, hacía más falta de lo que yo pensaba entonces. A pesar de eso, mi madre me tenía en un pedestal, era «su ojito derecho», había aprobado la carrera brillantemente, pero después de regresar de la mili no había hecho nada provechoso, sin embargo, mi madre seguía presumiendo de hijo y poniéndome como ejemplo de todo, supongo que esto también hizo mella en la frágil mente de mi hermana, despertando quizás una competitividad de la que yo no fui consciente. Cuando quisimos todos reaccionar ya fue demasiado tarde. No voy a entrar aquí en los detalles tan tristes de los días de su muerte y posteriores. Imagínense la tragedia, la muerte repentina de una jovencita brillante, sola, innecesaria.

Sí haré referencia a una carta de su puño y letra que me dejó un día, muy cercana su muerte, y que guardo desde entonces en mi cajita cuadrada de los tesoros. Tres folios blancos, escritos de su puño, tinta azul, con su característica letra tan pequeñita. La carta está fechada el 5 de enero de 1996, la noche de los Reyes Magos, qué ironía. Un regalo lleno de amor desde un alma atormentada que no supe querer en aquel momento como ella necesitaba.

14

ANA

¿Qué voy a contar yo de mi madre? Requeriría un libro entero para ella, para nuestra relación, para sus secuelas, de algunas de las cuales quizás ni siquiera soy verdaderamente consciente. O no escribir nada, seguir dejando esa cuestión en el limbo de las cosas pendientes sin ánimo de resolución. Es como la muerte de mi hermana, años sin abordarla realmente en mi conciencia, con la sensación permanente de que debo dar explicaciones, dármelas a mí mismo.

Si tuviera que decir algo sobre mi madre, lo primero que me ha venido a la cabeza es: mujer fuera de su sitio. Quiero decir que a mi madre la encontré siempre como desubicada en su entorno social y familiar. Con el tiempo he moderado un poco esa apreciación, rebajando sus propias expectativas desde mi perspectiva objetiva ganada con el paso de los años y con un análisis con más distancia temporal de sus verdaderas características como persona. Digo esto porque mi madre siempre presumió de inquietudes intelectuales, de haber leído y ser amante de la lectura, de ser muy aficionada al teatro. Una impostura intelectual que realmente no se correspondía, probablemente por circunstancias ajenas a ella misma, por entero con la realidad. Aunque los pocos libros que había en mi casa, me refiero a la casa familiar de mis padres, eran suyos, la selección no era muy abundante, ni con un criterio definido, bien es verdad que reconozco que en casa había muchos más libros que en las casas de mis vecinos y de mis amigos, donde, en la mayoría de los casos, no tenían ni uno solo, tal vez una enciclopedia comprada a dita o algún *best seller* de la época como las obras de Gironella, que probablemente ningún habitante de la casa había leído.

Ana escribía con una fea ortografía y con muchas faltas, lo cual no es precisamente rasgo de buena lectora. Pero tengamos en cuenta sus antecedentes. Hija de madre soltera en la España de la primera mitad del siglo XX, con pocos recursos y abocada a buscar trabajos no cualificados desde jovencita, así, por ejemplo, trabajó en una fábrica de gafas que existía en lo que hoy es el barrio de Los Remedios. Después, con la llegada de sus hermanastros, la madre ausente, pues se dedicó a ejercer de madre de artista, para acompañar a su «hija» folclórica, una de las hijas del viudo con el que se casó, en sus giras por España y el protectorado marroquí. Una vida sola, en una casa de vecinos de casi las afueras del arrabal, con una economía muy modesta. Como contrapartida, quizás esa situación le dio un sentido de la independencia y una cierta libertad de movimientos, de la que no gozaron habitualmente otras jóvenes de su época, no digamos ya las que tenían, la mayoría, un padre presente en casa, y decir severo, con las costumbres en aquella época, sería una redundancia, con decir simplemente padre de familia en la España de los años cuarenta, creo que es suficiente.

No me gusta mi madre en la mayoría de las fotos, tenía una costumbre que le afeaba, guiñar los ojos a la cámara como si le molestara el sol y enseñar los dientes en una mueca de la boca que no era sonrisa. Así aparece en varias fotos de la caja, junto con Emma y con otras personas. No siempre es así, en otras aparece con una sonrisa insinuada, o directamente seria. De cintura estrecha, marcaba unas rotundas caderas y un generoso busto, desde muy joven ya se le nota algo de papada en la cara, tendente al engorde. En ninguna de las fotos de esta, digamos, serie, se le aprecia una sonrisa franca y abierta. ¿Un poso de amargor por sueños no realizados? ¿Anhelos fuera de alcance? Quizás.

Sus enfados eran temibles. Creo que con mi padre siempre fue de carácter fuerte y dominante. Con una tendencia al gasto excesivo que ponía a veces la economía de casa en la cuerda floja, daba la impresión de no pensar mucho en el mañana, sino de vivir con inmediatez y de difícil contención ante ciertos caprichos. Con la edad fue desarrollando una mirada hacia los demás imprudente, por no decir invasiva a veces, impertinente en muchas ocasiones. Un mirar descarado, como si ella fuese invisible y los demás no pudiesen verla mientras los observaba fijamente, o simplemente le daba igual, como le pasa a muchos mayores, que su impertinencia parece excusada por la edad.

Me temo haber heredado algunas de esas características, como esa coraza impermeable a los demás en los primeros momentos de la relación, lo cual es fácil confundir con una antipatía natural que, en el trato continuado posterior no es tal, pero que, de entrada, no cae bien a la mayoría. Supongo que es algo inherente a seres humanos de fuerte personalidad. Alguna vez por ello me han acusado de falta de empatía, de pesimismo visceral, por no decir, en alguna ocasión, de cierta pedantería prepotente. No diría yo tal, aunque reconozco, hablo de mí, no de mi madre, que tal vez con la edad me estoy volviendo cada vez más crítico, ya lo era, lo que se agrava con mi rasgo de siempre de decir las cosas que siento de manera que no siempre gusta a los demás. Se jodan.

No sé qué sentiría Ana por Emma, cómo y por qué se conocieron, si hubo solo amistad sincera o alguna de las dos, Emma, evidentemente, sería lo que cualquiera pensaría, esperaba algún otro paso más en la relación. Como quiera que fuese, un caluroso día de agosto de 1959, mis padres se casaron.

¿Pudo aspirar mi madre a ser algo más que la mujer de un simple trabajador con pocos recursos? Ella siempre presumió que sí, pero no lo hizo. De hecho, tras esa supuesta fortaleza de carácter, se escondía la realidad de una mujer miedosa, siempre cauta y reacia al «señalamiento» social. En concreto, por poner un ejemplo significativo, impidió a mi padre, un luchador por los derechos de los asalariados, acceder a un cargo político que le ofrecieron. Ese carácter me propició a mí una infancia con una madre muy protectora, que le daba miedo de todo, lo cual no era óbice para que fuese estricta, maniática con la limpieza y el orden, aunque, en realidad y a pesar de lo que me veneraba en el fondo como hijo ideal, poco afectuosa en cuanto a expresiones exteriores, ya fuesen corporales, abrazos, o una mera frase cariñosa.

Recordando a mi madre, su carácter, sus

evocaciones de un pasado que apenas pudo ser, me acuerdo de la película de Víctor Erice basada en un relato de su mujer, la escritora Adelaida García Morales. Me refiero a *El sur* y al personaje, triste y melancólico, que interpreta Omero Antonutti. Su recuerdo atormentado de aquella vida en «el sur» de antes de la guerra, su exilio, exterior e interior, su anhelo de vivir su verdadera vida en el lugar que le correspondía, y el recuerdo de la persona amada. Agustín Arenas, médico sevillano y republicano exiliado en las frías tierras del norte, es en realidad un hombre del sur, a pesar de su apariencia taciturna y fría, pero estas características vienen dadas por esa expatriación, ese estar fuera de la vida que le corresponde, por ello adivinamos que su verdadero carácter, en su vida anterior, era otro.

Ana es una mujer del sur en el sur, pero con añoranzas de un norte donde fue feliz unos días. Nunca sabremos su historia en Bilbao, su inclinación por el Atleti y su sonrisa cuando hablaba de allí. No creo que, en su fuero interno, en realidad hubiese preferido una vida en la por entonces fea, gris y marrón, ciudad industrial, pero sí creo que era una coartada para evocar una vida distinta, lo que pudo ser y no fue, quedándose en la rutina de la vida del barrio, los hijos, el marido, la limpieza y la cocina diaria, las carencias y las estrecheces. Curiosamente, tras haber vivido en Sevilla un tiempo, Adelaida García volvió, tras separarse de Erice después de veinte años de matrimonio, para vivir y morir en el sevillano pueblo de Dos Hermanas.

Tal vez Ana envidiaba en parte la vida de su amiga Emma, con un buen trabajo en Madrid, con la posibilidad de salir cada tarde a buenos bares y cafeterías, ir los fines de semana al teatro o a un estreno de cine. Viajar con amigas y conocer otros países, otras ciudades, esos paisajes que solo conocía por las fotos y postales que su amiga le había ido enviando a lo largo de los años. ¿Y si Emma le hubiese propuesto algo? «Vente a Madrid, allí podemos buscarte trabajo, saldremos y lo pasaremos bien, y tendrás la vida que te gusta». ¿Se confesarían las amigas sus deseos, sus inquietudes, en esos largos paseos por Sevilla?

O quizás no fueron sinceras, no lo fue Ana, no lo fue Emma, callada prudentemente ante la realidad que observaba en sus visitas. La madre de Ana, su novio, sus proyectos de boda, su perfecta Sevilla de cielos celestes, de la maravillosa Semana Santa y la alegre y divertida Feria de Abril, del Parque de María Luisa y el gran río Guadalquivir, de las callejas de Triana, de alfareros y tabernas de manzanilla. ¿Quién no querría vivir aquí?

Ana pudo decirle que de eso no le importaba nada, que su madre podía quedarse con su «otra hija», Charito, que su novio encontraría a otra, que en Madrid podría encontrar a otro hombre con más dinero, con más cultura, con más estudios, aunque no tan bueno quizás. Que no le importaba la Semana Santa ni la Feria, ya vendría algún año, que ella lo que ansiaba eran las luces y los grandes carteles de los cines de la Gran Vía, los teatros y los bares de elegantes camareros de chaquetilla blanca y botones dorados, como los pocos que había en Sevilla y no se podía permitir. Salir del piso bajo, oscuro y frío, de la casa de vecinos del barrio, de la portera chismosa, con cara de bruja de cuento de Blancanieves, del ruido de los borrachos de la tasca de al lado, con sus escupitajos y sus voces altas, de limpiar las lentejas en la mesa camilla para apartar las piedrecitas, de pelar judías y guisantes, de moler café con el molinillo de mano, de lavarse en un baño calentando el agua al fuego de la cocina... Soñaba con un piso moderno, con una casa con ascensor y tardes de café con las amigas, sentadas en un velador de Serrano o Princesa, pasear por Pintor Rosales y quedar con un pretendiente en la puerta de la confitería Mallorca, donde la invitaría a trufas de chocolate antes de ir a ver a Lola Herrera al teatro. Cenar después en Edelweiss y, por qué no, tomar al final una copa en Chicote o en Cock. Pero se quedó en el piso bajo, criándome a mí y a mi hermana también después, llevarnos y recogernos del colegio, coser rodilleras de falso cuero en las gastadas rodillas de mis pantalones, remendar medias con el huevo de madera, coser botones esperando la llegada de mi padre cada día, con la comida lista, escuchando en la radio las novelas de Guillermo Sautier Casaseca, esperando el fin de semana para ir al cine y tomar una cerveza con una tapa. El hombre llegó a la Luna cuando aún en mi casa no había ni televisión ni teléfono.

15

LOLA Y MANOLI

Hay tres fotos más junto a todas las que he comentado. Son tres retratos de mujeres de pelo corto. Dos de Lola, Loli para la familia, y una de Manoli. Son, eran, las hermanas de mi padre, eso, mis tías. Nunca las he considerado guapas, a mi padre sí, en cambio. Pero en esas fotos, cuidadas, de estudio, sí están atractivas, desde dos puntos de vista totalmente distintos. Una, Manoli, con cara de ama de casa, serena y bondadosa, algo ingenua quizás. La otra, la pequeña, más racial, más sensual, con una mirada profunda que no le recuerdo después en la vida real desde que yo la conozco. Dos mujeres de negro y de pelo corto.

Las tres fotos tienen por detrás el sello del estudio fotográfico y la fecha. La más antigua no es ninguna de las dos de negro, es de Loli, mi tía más joven, está fechada en julio de 1957, es un retrato de busto, que se diría en escultura, o más fotográficamente, de plano medio corto, los otros dos también. Aparece Loli con un vestido de verano claro, sin mangas, el pelo negro recogido de una manera que me recuerda a algún peinado de pinturas pompeyanas, ella siempre ha tenido una cara agitanada, morena, de labios prominentes y una leve sonrisa que deja entrever sus paletas superiores. Curiosamente, entre las mujeres de pelo corto, ella ha sido la más radical, toda su vida mantuvo un peinado muy masculino, hasta la muerte de su marido, ya que era a él al que le gustaba que lo tuviese así. Su mirada se pierde hacia la derecha del retrato, aparentemente mostrando un vacío mental, una rigidez forzada por el fotógrafo («no se mueva ahora») en definitiva, una falta de personalidad y simpleza de sentimientos que, sin embargo, sí aparecen en el otro retrato, con una profundidad psicológica más acusada.

En las otras dos fotografías ambas aparecen vestidas de negro, con un fondo gris, más sombreado en la parte superior, cortinas de estudio, de esos fotógrafos populares que antes había en todos los barrios. Podrían parecer hechas el mismo día, pero no es así, aunque son del mismo estudio fotográfico.

La de Loli está fechada el 12 de febrero de 1958. ¿Quizás hecha para regalar a su novio el día de San Valentín? Y la de Manoli el 20 de diciembre de 1962, cuatro años después, tal vez hecha para servir de felicitación navideña. No creo que el color oscuro de la ropa en estas dos fotografías tenga que ver con ninguna muerte reciente, su madre, mi abuela, murió en 1963.

Esas dos fotos muestran a dos mujeres morenas, de pelo un tanto crespo, miradas en fuga por un lateral, sonrisa leve y ausencia de complementos, salvo los pendientes y una cadenita que lleva Manoli al cuello. Precisamente mi tía mayor es la que más me recuerda a mi abuela Amparo, la misma cara bonachona, serena, de buena persona, un tanto ingenua. En Loli, por el contrario, una sombra de cierto misterio tiñe su mirada oscura, soñadora. Se diría que una evoca a la madre de familia amorosa y la otra a la amante temperamental y apasionada.

Mis tías siempre han sido las dos unas «fantásticas», término que se suele emplear por nuestras tierras popularmente por fantasiosas. Algo, por otra parte, bastante habitual en esa rama femenina de la familia, ya he comentado algo al respecto anteriormente. Muy aficionadas las dos al tema flamenco, de hecho, mi tía Manoli no cantaba mal, en plan folclórica, y mi tía Loli siempre ha tenido cartel de buena bailaora, muy racial, en plan fiesta gitana por bulerías.

Ellas y sus hijos siempre se han entendido mejor entre ellos que conmigo y mi familia, salvo con mi padre, claro. Supongo que es normal entre la mayoría de las hermanas. De hecho, con mis primos no tengo prácticamente relación, ni en cumpleaños ni en Navidad y cosas así. Lo cual demuestra que la sangre no es lo más importante en la vida para vincularte con otras personas.

Hay una cuarta foto, esta vez sin fecha. Aunque también es en blanco y negro, debe ser de años posteriores. Son cuatro mujeres, las cuatro con el pelo corto, pero, en el caso de mi tía Loli, con un corte tremendamente masculino y especialmente corto, las otras tres con ese cardado pleno de laca tan común en las mujeres maduras de los sesenta. De izquierda a derecha aparecen una prima de mis tías, no recuerdo el nombre, pero me parece que es la mujer de mi tío Fernando, junto a ella, mi tía Manoli, ambas de claro, después mi madre y mi tía Loli, las dos de oscuro. Sonrientes, con algo más de kilos que en otras épocas, salvo la pequeña, Loli, que siempre se ha mantenido más a la línea, supongo que por su carácter inquieto, nervioso y siempre de arriba para abajo. Mi madre se cierra el cuello de lo que parece una camisa de punto, con un camafeo. Mi tía Loli luce un discreto y elegante collar de dos vueltas, con un suéter negro que marca unos senos prominentes, con seguramente esas copas reforzadas que se pusieron de moda en los sujetadores de aquellos años.

Mujeres que no tuvieron ninguna una infancia fácil, que trabajaron fuera de casa, y dentro, desde muy jóvenes. Luego el matrimonio, más o menos afortunado, los hijos, en algunos casos, la frustración de un aborto de gemelas en el caso de una de mis tías, que después se llevó años sin quedarse embarazada, hasta que llegó un niño bastante después. Mujeres que se diluyeron desde el día de su boda en la vida familiar, casa, marido, niños. Que se juntaban en ocasiones puntuales de cumpleaños y otras fiestas, o en esas visitas familiares que antes eran de rigor frecuentemente, sin necesidad de motivos especiales, solo por verse, por ir unos a casa de los otros, alternativamente. Como cuando teníamos que coger dos autobuses para ir a casa de mi tía Manoli, que vivía en un cuarto piso sin ascensor en uno de esos barrios, entonces periféricos, construidos a partir de los años 50, donde se acomodó toda la nueva clase trabajadora que se fue creando tras ir superando las penurias de la posguerra.

PARTE 2

YO, EMMA

1

TRENES

Veía los trenes cuando íbamos a Vigo. Salíamos de la pequeña estación de nuestro pueblo. Cantina, billetes, aseos, el gran reloj del andén, el jefe de estación con su gorra azul oscuro y roja. Entonces no imaginaba que yo terminaría trabajando en una gran estación de ferrocarril, en Madrid nada menos.

Cada verano volvería unos días a Galicia. Pero ya nada era igual. Quería ver mundo, quería visitar sitios diferentes. Italia, católica y comunista; Alemania, la máquina de diseño industrial, de laboriosidad... y de la libertad sexual, el milagro tras la devastación bélica. Francia, Bélgica, Holanda... todo tan distinto a nuestro país.

Encender un pitillo, así, apoyada en una señal de tráfico. Con mis pantalones, con el cuello de mi suéter subido, mi cómodo pelo corto, mis zapatos planos, sin miradas atravesadas, sin señoras que vuelvan la cabeza para cuchichear algo en voz baja entre ellas, con ojos inquisitoriales. Las libidinosas miradas de ellos, con alguna frase gruesa dicha así, en alto y en público, sin rubor, al contrario, con el orgullo de machito ibérico que se las sabe todas y que las domina a todas, con la risotada cómplice de los amigotes. Sumiso en el trabajo, pero vociferante al mirar el culo de las mujeres por la calle o al mentarle la madre al árbitro el domingo en el campo de fútbol.

Un par de figuras grises pasan andando despacio, abrigos largos, trinchas negras de cuero, porra al cinto, mosquetón al hombro, gorra coronada por el águila de latón dorado. Miradas severas, más de acuerdo con el impertinente soez que conmigo. Su presencia me asusta más que darme sensación de protección.

Por las calles de Madrid, en las oficinas de RENFE, tacones, falda por debajo de las rodillas, bolso elegante. Me siento con las piernas púdicamente juntas, algo ladeadas, frente al carrito metálico de mi Hispano Olivetti gris, machacona y dura. El rítmico tableteo de las varillas de los tipos metálicos impactando contra el folio, papel carbón. «Emma, quiero tres copias, rápido, niña que esto tiene que estar en el despacho del subdirector esta misma mañana». Se acompasa con la percusión, rítmica igual, machacona igual, de las otras máquinas de escribir.

Esperanza, que perdió la esencia de su nombre hace ya muchos años, sigue a diario sentada en su mesa de siempre, impactando las yemas de sus dedos en el teclado, cuidadas uñas sin pintar, solo esmalte transparente endurecedor, aún martillea en una antigua Royal negra. Pelo corto, muy cardado, líneas blancas entre sus mechones duros de laca. Pionera, sola entre hombres hasta que llegamos algunas más. «Niña, trae café», «niña, ¿tienes novio?», «niña, ¿y tu novio te deja trabajar?», «niña, ¿cuándo te casas?»... En voz baja, «a ver cuándo le dejas tu sitio a un honrado padre de familia». «Enchufada». «Si su padre no fuese excombatiente y amigo de quien es».

El mío también. Galicia se ganó pronto y fácil. Asturias ya fue otra cosa, los mineros ya se sabe, pero les dimos igual que en el 34, gentuza. Excombatiente caballero mutilado de guerra. Un imperdible en el doblez de la manga izquierda de la chaqueta, menos mal, la mala. No fue en España, sino en una tierra inhóspita y congelada. Krasni Bor era el nombre que más se escuchaba en casa cuando, tantas veces, se contaba la historia. Papá callaba y perdía la mirada, brillante, de héroe emocionado, más allá de la parra del jardín, recordando a los camaradas que quedaron allí, recordando el infierno de hielo y fuego. Qué difícil era cavar una fosa en la tierra congelada. Una cruz de madera, dos tablas cruzadas pegadas a martillazos, grabados nombre, rango y fechas con la punta de la bayoneta, o con una navaja de Albacete.

He de agradecérselo, puso las menos pegas posible. Habló con amistades, con viejos camaradas de guerra. Pudo haber usado esos contactos para él, pero tuvo bastante con su pensión de oficial mutilado y un carguito en la Cámara Agraria Provincial que teníamos en el pueblo. En cambio, para mí movió cielo y tierra, a pesar de que alguno le dijo, con cierta ironía, que si no era mejor que me buscara un buen partido para casarme. Mi madre callaba y, en su silencio, notaba cierta decepción conmigo. Supongo que ella, como madre, sabía en su fuero interno cuáles eran mis inclinaciones, las madres suelen saber esas cosas. Pero más que eso, le dolía que yo hubiese preferido irme a Madrid. Pero en Vigo me hubiese asfixiado, en Madrid, a pesar de todo, y de la época, había cierto cosmopolitismo o, al menos, cierto diluirte entre tanta población, entre gente tan variopinta llegada de todas partes.

2

DESPERTARES

Las primeras miradas eran de cafetería, urgentes y tímidas, disimuladas. Presentaciones, amistades para merendar. «Oye, ¿te vienes este año? Unas amigas vamos a ir a la Costa Brava unos días, verás qué bien lo pasamos, y lo bonito que es aquello». Roces buscando el dorso de las manos, tropiezos inocentes en el agua, con el gorro de baño, un casco de goma azul con margaritas en relieve del mismo color, todo azul, como el mar, como el cielo, como tu mirada.

Juntamos las camas por la noche y las separamos por la mañana. Deja la mesita de noche como estaba, a ver si la limpiadora se va a dar cuenta de algo. Tus manos temblaban cuando me desabrochabas, una a una, las presillas de mi sujetador. A mí me temblaba el labio inferior. Tu respiración entrecortada la sentía en mi cuello, muy cerca. Apaga la luz, anda.

Olía a sábanas limpias, a crema NIVEA, a jabón Palmolive y a noche húmeda de verano colándose por el balcón, donde apenas se movían unos visillos, como velos de novias en su noche de bodas, con la brisa del

Mediterráneo y un toque de dama de noche y jazmín abierto en flor, como tu cuerpo.

Nunca pasearemos de la mano. Ni por la arena de esta playa, ni por las calles de Madrid, ni siquiera, furtivamente, en el velador de la terraza donde nos conocimos en aquella cafetería del barrio de Salamanca. Café recién hecho, tostados sutiles de cruasanes recién horneados, Maderas de Oriente, Maja, algún Chanel o Calandre de Paco Rabanne, tan nuevo y francés, tan revolucionario. Cuero de bolsos caros. El roce de medias color humo al juntar los muslos, el brillo negro de los zapatos de medio tacón, las nubecillas de Lucky emboquillado, el clic metálico de un encendedor Ronson, el entrechoque de las cucharillas plateadas con la porcelana de las tazas.

La perfección geométrica de unos cubitos de azúcar, el círculo perfecto de la mesita velador, metal y mármol, el triángulo equilátero del cenicero de latón dorado MARTINI. Blanca chaquetilla de camarero, botones grandes dorados, entorchados en los hombros de mesero de bar caro, el paquete de Celtas en el bolsillo derecho, el mechero de gasolina, redondo; en el izquierdo las chapas de los botellines de Coca Cola, de Bitter Cinzano, de Mahou, el abridor plateado; la bandeja en la yema de los dedos, el lito blanquísimo en el antebrazo. La mirada como un radar, atenta al entorno, anticipándose a las necesidades de sus clientes, en este bar no se tocan las palmas para llamar, basta una mirada, un levantamiento de cejas acompañando, todo lo más, de un leve gesto con la mano levantada. «Sí, señora, dígame. La cuenta del señor. Encantado de servirle de nuevo, don Ernesto, póngame a los pies de su señora y que se recupere pronto».

Mirada superior del cliente, un ruido gutural, ininteligible el agradecimiento, unas pesetas de propina que resuenan en el platillo.

No es como el bar de los desayunos, cerca de la oficina, allí en Atocha. Nadie grita «¡Boteeee! ¡Graciasssss!». No huele a porras frías y a café en vaso de Duralex, rayado de tantos fregados, no huele a serrín y servilletas sucias por el suelo, a colillas de tabaco negro mal apagadas, a humo de puritos Reig, de Farias. Agua de Lavanda, Varón Dandy, brillantina. Betún, tela de gabardina, lana húmeda, como de armario cerrado, alcanfor.

Olvidémonos por un momento, disfrutemos de esta canción de Bonet de San Pedro, aquí, bajo este techo de cordones con bombillas tendidas, de agujas de pino y de estrellas de agosto en el cielo limpio que huele a mar y a ti.

3

LUZ

Lo primero que me llamó la atención fue la luz. Un cielo celeste intenso, limpio de nubes, con una claridad que nunca había visto en otra ciudad. Recuerdo las brumas y los cielos atlánticos de Galicia. El azul distinto, preñado de nubes algodonosas y plateadas de los velazqueños cielos de la sierra madrileña. Pero esta luz de Sevilla...

A pesar de ser Viernes Santo, de las mantillas y los vestidos negros de las mujeres, de los trajes oscuros y las corbatas de luto de los hombres, la calle te transmitía una alegría, dentro de la seriedad del momento en que se conmemora la muerte de Cristo, y más en aquellos tiempos de posguerra aún, con el cardenal Segura reinando en la Diócesis. Incluso los «pasos» donde procesiona el crucificado tienen un ritmo alegre dentro de su sobriedad al andar. Y los maravillosos palios de las vírgenes, que al forastero le pueden parecer todas iguales, pero que no lo son, los sevillanos las saben distinguir perfectamente, con sus matices en el rostro, en las manos, en la ropa, y las flores, los adornos, las joyas, y ese caminar bamboleante, con el sonido de los bordados que cuelgan a los lados, bambalinas se llaman, entrechocando con los varales de plata al paso acompasado con una música bellísima, a veces triste y seria, a veces alegre. En Madrid apenas se nota que es Semana Santa, no hay procesiones y el día a día, salvo por los festivos y la música clásica en la radio, es muy similar a la rutina cotidiana. He vivido las semanas santas de Valladolid y Zamora, recuerdo aquel Cristo de mi pueblo, que sacaban también en la madrugada del Viernes Santo, clavado en un basto madero, lleno de llagas y de sangre, con esa cabellera de pelos naturales colgando sobre el pecho. Y ahora estoy aquí, delante de este Hijo de Dios que llaman El Cachorro, con su cara afilada de ojos claros, cada uno de un color. Me cuenta mi amiga la leyenda, de gitano agonizante, el que le presta el apodo, acuchillado en una reyerta de taberna. Y ese cuerpo, en el que sus músculos perfectos se perfilan rotundos pero suavemente en la madera tallada. El caminar de los hombres, los costaleros, que van llevándolo sobre sus hombros, cargadores del muelle que se contratan para llevar los pasos. Los negros nazarenos con su impresionante capa de lana de merino cruda, bajo este calor de abril, llevadero aún, pero que aprieta un poco cuando a las cuatro de la tarde se abren las puertas de un templo que tiene sabor a ermita extramuros. Al final de Triana, muy cerca del río, del puente de hierro, muy cerca de la casa donde me alojo, la casa de mi amiga Ana.

El Domingo de Resurrección todo estalla en colores claros, y parece el cielo aún más impresionantemente celeste. El contraste con el triste Sábado Santo. La gente se lanza a las calles estrenando la ropa de primavera, de verano ya algunas mujeres, intuyendo la alegría de la próxima Feria. Por el Paseo Colón hay un gran ambiente, esta tarde se abre el ciclo taurino. La gente está loca con un nuevo ídolo local, un chico rubio de San Bernardo que se llama, Pepe Luis Vázquez. En poco tiempo surgirá alguien que pondrá también, más si cabe, patas arriba el mundo taurino sevillano, Curro Romero se llama, y empezará un mes de mayo sustituyendo a Mondeño en una novillada.

Por el centro hombres de trajes claros y sombreros de fieltro, también algunos Panamá ya en esta luminosa primavera. Humo de puros y mujeres guapas de vestidos ceñidos. Los bares llenos, las tascas y tabernas, mejor dicho, con los carteles anunciando las corridas pegados en la puerta. Con el serrín cubriendo el suelo, para luego barrer mejor colillas y papeles. Los chatos de vino de Valdepeñas, los botellines de cerveza, el copazo de coñac o la palomita de aguardiente de Cazalla. Olor a hombres, ninguna mujer.

La abuela María nos despide en la puerta, y nos hacemos una foto para el recuerdo. Estamos serias, queremos irnos ya. Ana está estupenda con una blusa sin mangas, roja, y una falda blanca de tubo, llama la atención de los hombres, me doy cuenta yendo a su lado. Sus rotundas curvas, sus pechos generosos. Es más alta que yo. Llevo el mismo vestido estampado de mi foto de estudio que le dedicaré con cariño y le mandaré en una carta cuando esté de vuelta en Madrid, recordando estos momentos maravillosos. Las dos llevamos una chaqueta de punto echada por los hombros, los bolsos de piel, el pelo corto, yo más que ella, que lo lleva cardado hacia arriba, como hará toda su vida, envuelta en una nube de laca y colonia, que se mezclará con el olor de su cuerpo, intenso y penetrante. A su lado parezco una chica modosita, con mi vestidito de vuelo y mi peinado de chico, así posaré en la baranda del puente, con la Torre del Oro en el horizonte, «el sol de Sevilla acaricia a una galleguilla» le escribiré al dorso de otra foto.

Qué distinta la casa de estas mujeres a la mía de Madrid, la calle, las vecinas. Aquí todas se conocen, se llevan bien o mal, generalmente bien, pero se llevan. Los pasillos huelen a pucheros, a guisos de patatas, a lentejas. Las radios se escuchan por las ventanas con canciones de Juanita Reina, de Estrellita Castro, de Marifé de Triana, de Juanito Valderrama, de Antonio Molina. Me deslumbra el reflejo blanquísimo de las paredes encaladas donde rebota la luz del sol. Me alegran la vista las ventanas y balcones plenos de verde, punteado por los colores de las gitanillas, de la flor del geranio, rosas y rojas. De noche me embriagan los aromas de azahar, de jazmín y de dama de noche. Me trastornan un poco las copas de Manzanilla, claro vino, amarillo dorado como los rayos de sol en el sur, fuerte y salino, fresco a la vez, me dan ganas de bailar, a ver si aprendo de una vez las sevillanas, y mira que Ana se empeña, con lo bien que bailan ella y su hermana Charito, y cómo canta la Charo, con su voz un tanto aguda y metálica de folclórica.

Me gusta ver a las dos arregladas, del brazo de sus novios, aunque me dé un poquito de celos. El porte de Paco, como un Sinatra de barrio, delgado, guapo, con el pitillo en la comisura de los labios, con el pelo para atrás y ese mechón que se le escapa sobre la cara cuando está un poquito alegre. Y la pinta de Armando, alto, de hombros anchos, con su pelo acaracolado y cobrizo de poeta bohemio, sobre grandes entradas en la frente despejada, a su lado Charito parece todavía más pequeñita, él me recuerda a Leslie Howard. Y qué bien me tratan todos, esta gallega madrileña rara, que no saben muy bien cómo aterrizó por allí.

Cuando volvamos, la abuela María habrá meneado los colchones de borra, para que las camas estén blandas. Habrá torrijas y pestiños. Y café de puchero. Una copita de Fundador para los hombres y un Castellana dulce para nosotras. Las losetas frescas del suelo, de brillo espejado a base de hincar las rodillas y fregar. Los visillos blancos blanquísimos, con su calado monjil bordado. La ropa de fieltro verde de la mesa camilla, para jugar sobre ella al parchís o al cinquillo, nos apostamos una perra gorda. Y los hombres se irán a sus casas, o a donde sea que vayan cuando nos dejan. Y nosotras nos quedaremos hablando de ellos y de nuestras cosas. ¿Otra copita, mamá?, la animo yo como si fuera mi madre, la de Ana, la madre de todas. Qué mujer incansable, mañana temprano tiene que volver al cine, que cerró el Viernes Santo hasta hoy. «Esta semana estrenan una muy buena de guerra», dice María, «*El puente sobre el río Kwai* se llama».

4

ANDÉN

Esperaba en el andén la llegada del tren expreso de Sevilla. Habían viajado toda la noche y vendría con cara de cansado. Aquella mañana de primeros de septiembre sería la primera vez que volvería a ver al hijo de Ana. Aquel niño que se frotaba la cara con fuerza, repetidamente, cada vez que le daban un beso, de ojos pequeños pero guapo, que recordaba a la madre al mirarlo, sobre todo la forma de la boca. Ahora ya era un hombre de más de veinte años. En unos minutos lo tendría delante de mí y me preguntaba cómo sería, había visto alguna foto, más antiguas, que me había enviado mi amiga sevillana. He de reconocer que estaba algo nerviosa. Intentaría reconocerlo entre las decenas de chicos que comenzaron a bajarse de los vagones, todos más o menos de la misma edad, todos con ese saco de lona verde al hombro.

Entre la multitud que ya poblaba prácticamente el andén lo reconocí al instante, él a mí también. No era demasiado alto en comparación con otros chicos, pero sí tenía buen porte, esa elegancia innata que a veces me pareció que tenía su madre. Como ella, un pelo fuerte y espeso, castaño. Los ojos, algo hundidos en sus cuencas, de un verde miel atractivo. La boca era la de Ana, bien perfilada, sensual, con un marcado canal vertical entre el labio y la nariz. El mentón cuadrado, poderoso, y una mirada, como la de la madre también, inquietantemente penetrante.

Me preguntaba, a medida que se acercaba hacia mí con una sincera media sonrisa, si su carácter también se parecería al de su madre, a veces dulce y encantador, otras, las más, seco y un poco antipático, dolorosamente hiriente incluso, cuando se sentía agraviada por algo, y esto no era infrecuente. A él no lo conocía, algo tendría también de su padre, aquel hombre bueno, tan simpático y desprendido, encantado siempre de hacer un favor sin esperar nada a cambio. Eso sí, con un puntito canalla, pero muy oculto, había que conocer al Paco sin Ana, al hombre libre que conocía perfectamente todos los entresijos de su ciudad, desde las comisarías de policía a los despachos de los gerifaltes locales del Régimen, de las tascas populares a los lupanares más castizos de la Alameda.

Adiviné en la forma de mirar de su hijo, la mirada de Ana, su manera de ser, su manera de besarme al encontrarnos, sus silencios y su forma de contestar, era como si la tuviese a ella delante de mí y eso me turbaba. Quizás por ello procuré no volver a verlo. Tras despedirnos en la misma estación, él cogía otro tren hacia el campamento de la sierra donde estaba destinado ese primer mes del servicio, me invadió un punto de nostalgia, una sensación agridulce de aquellos viajes a Sevilla, de aquellos paseos por la ciudad. Por supuesto le ofrecí mi casa, a la que, la verdad, iría poco, solo al principio, luego se olvidó de nosotras.

Pasó algunos sábados a ducharse con agua caliente y comer los guisos que le preparaba Eva María, ella sería la encargada de hacer de anfitriona, al fin y al cabo, era a ella a le que le había escrito aquella cariñosa y encantadora carta de niño, cuando estuvo conmigo en su casa de Sevilla. Yo pondría la excusa, cierta por otra parte, de ir a visitar a mis sobrinas. Por aquel entonces yo tenía dos sobrinas pequeñas, una recién nacida y otra con pocos años, y el sábado era el único día de la semana, con el domingo, que, debido a mi trabajo, podía dedicarles enteros, yo, que no tenía hijos ni los tendría nunca, ellas eran las encargadas de satisfacer esa parcelita de vocación materna que, a pesar de todo, yo tenía en mi alma.

Le di un papelito con el nombre y el teléfono de un coronel amigo mío al que le había pedido que intercediera para que al chaval le dieran un buen destino, para que lo llamara y se lo agradeciera. Unas semanas después, hablamos un día por teléfono, porque me había pedido que le dijera al coronel si podrían enviarlo al Museo del Ejército, que entonces, antes de su traslado a Toledo, estaba en un caserón cerca del Museo del Prado, en el antiguo Salón de Reinos del palacio del Buen Retiro. Pero mi conocido me dijo que no era buen destino, que tendría que dormir en uno de los cuarteles de Campamento, que estaban en la quinta puñeta. Así que lo envió a un regimiento de oficinas que estaba junto a la Plaza de la Moncloa, aunque al principio el chaval lo pasó mal allí, cuestiones de ser novato parece. Luego no le iría tan mal, ya que no volvió a aparecer apenas por casa, y casi todos los fines de semana se podía ir a Sevilla con permisos.

Se notaba, por las cartas que me seguía enviando

Ana, y lo que hablábamos por teléfono, que era su ojito derecho, mucho más que la niña. No paraba de repetir lo guapo que es, lo que le gusta a las jovencitas, lo buen estudiante que era, sacando la carrera con muy buenas notas y con tan solo 21 años. Estaba muy ilusionada con su futuro, con lo que podría llegar a ser en la vida. Me temo que después, viendo la trayectoria del niño, acabó un tanto defraudada, aunque cuando existe esa «pasión de madre» la venda nunca acaba de caerse de los ojos y, por muchas barrabasadas de malcriado y caprichoso que hagan esos hijos, las madres así siempre encuentran una justificación para sus actuaciones, aunque se pasen noches sin dormir porque está de juerga y no aparezca hasta por la mañana. Tapándole sus trastadas a las mujeres, cubriéndolo cuando alguna lo llamaba y estaba en otra parte, o con otra. Ninguna era buena para él, todas tenían pegas, nada era lo suficientemente bueno para su hijo, tan guapo e inteligente.

El andén se fue despejando, pero tan solo momentáneamente, con la partida de los chicos, sus jóvenes figuras fueron sustituidas por la variedad de gentes que llegaban en los cercanías para ir a sus trabajos diarios. Todas esas personas que, desde pueblos más o menos cercanos, venían a diario a estudiar, a llenar oficinas, a limpiar las casas y los edificios de otros, a sus puestos de dependientas, de vendedores, de los mil trabajos que, como un agujero negro del capitalismo urbano, habían estado trayendo a Madrid a miles de personas desde después de la Guerra. Como yo misma, que llegué desde mi bello pueblecito de Galicia, con olor a mar y a monte, para respirar a diario el dióxido de carbono de los autobuses, de los taxis, de los coches particulares, escuchar las bocinas de los autos, las sirenas de ambulancias, bomberos y coches de policía. Mucha gente, de mirada esquiva y de pocas palabras, cada vez éramos más extraños en aquella gran ciudad de extraños. Cada vez somos más y nos conocemos menos.

Cuando llegué a casa esa tarde, me recibió el habitual aroma a café recién hecho que Eva María tenía ya preparado. Siempre nos gustaba tomar café juntas a mi regreso de la oficina, yo le contaba lo que había pasado en el trabajo, casi nada variaba de un día a otro, y ella me contaba su día, tampoco con muchas novedades. Estaba en la salita con su babi de pintar, de espaldas a la puerta, delante de ella su caballete con un lienzo que acababa de comprar esa semana. Blanco, con unas líneas negras que formaban como piezas de un puzle, en el interior de cada pequeño espacio un número. Era como una de esas hojas de colorear de los cuadernos infantiles, pero para adultos, con los espacios mucho más pequeñitos y mucho más numerosos. Apenas había color todavía, creo que era, me dijo ayer, pero la verdad es que no le presté mucha atención, un cuadro del pintor impresionista Camille Pissarro, una ancha avenida de París, llena de carruajes y gentes que iban y venían entre los bellos edificios decimonónicos coronados de bohemias «mansardas» y tubos de chimeneas, con las aceras llenas de grandes árboles alineados a lo largo de los bordillos. Pero de momento, solo era un gran puzle en blanco y negro.

Nos sentamos cada una en nuestro sillón. Eva sirvió el café, «¿unas pastas?», la miré con esa mirada fulminadora, llena de amor, que decía: «¿pero no ves las cartucheras que se me han puesto, todavía quieres que mi culo sea más grande?».

—Pues están riquísimas, las he comprado esta mañana en Mallorca. —Seguía provocándome. Yo cambié de tema.

—¿Has ido a ver a tu madre?

—Sí, he quedado con mi hermana y hemos ido las dos.

—¿Y cómo está?

—¿Quién, mi madre o mi hermana?

Chasqueé la lengua y entorné los ojos impaciente, como hartándome de sus bromas. Ella parecía divertirse haciéndome rabiar. Era un juego habitual de casi todas las tardes, demasiadas horas de soledad compartida entre ambas.

—Mi madre está mejor que tú y que yo. Leyéndonos la cartilla como siempre. Sobre todo a mi hermana, ya sabes, mi cuñado… en fin…

—¿Sigue con esa pilingui?

—Y lo malo es que mi madre se ha enterado. —Abrí los ojazos con sorpresa.

—No me digas…

—Y tanto. Está que echa chispas. A mi hermana le ha dicho de todo, que si no se cuida, que se ha puesto gorda, que no sabe retener a un hombre…

—Encima…

—Sí, hija, ya ves, te ponen los cuernos y encima la culpa es tuya.

—Madre mía, qué país.

—Cuida de los niños, ten la casa como los chorros del oro para cuando llegue el señorito que lo encuentre todo a su gusto. Y después, pues ¡toma! Dos cuernos como dos castillos de grande. —Reí con ganas.

—Qué bruta eres, Eva.

—¿Bruta? Sí, sí, a ese lo esperaba yo por la noche que se durmiese y cogía las tijeras de coser y ¡chas! A tomar viento su cosita.

—¡¡Ja, ja, ja!! —No podía parar de reírme, me tuve que ir al baño porque me hacía pipí encima.

La pícara de Eva me miraba divertida cuando regresé. Le gusta hacerme reír. Como una terapia diaria para olvidar la rutina de mi jefe, de mi máquina de escribir, del olor a gasoil que subía desde las vías a las oficinas.

—Bueno, y el chico de Ana qué tal. —Me puse más seria y me lo notó. La miré como diciéndoselo todo. Me adivinaba los pensamientos—. Igualito que la madre, ¿no?

No eran celos, ella entendía perfectamente mi amistad con Ana, anterior incluso a que nos conociéramos. Había estado conmigo en Sevilla, había vivido esos días en su casa, había conocido a sus hijos, la pequeña recién nacida, a la abuela María, a Paco, el marido de Ana. Aunque yo creo que pensaba que algo de enamoriscadilla sí seguía yo de ella. Probablemente tenía razón, y nunca se me pasaría, porque Ana era el sur, la luz y la alegría, aquellos años de juventud, la ciudad, su río, su catedral y la Giralda, sus bares con sus copas de manzanilla, su hermosa Semana Santa y su Feria de Abril. Y los ratos en la camilla con Ana y con su madre, nuestras meriendas y nuestras partiditas de cartas con unos buenos tientos a la botella de Castellana o de Anís del Mono, aunque el que más le gustaba a la abuela María era Machaquito. Una vez le llevé una botella de Marie Brizard de regalo, le encantó, ya nunca faltaría en su mueble bar, si se lo podía permitir, por Navidad en su casa, cuando todo el piso olía a ajonjolí, a aceite de oliva y a canela. Polvorones, alfajores, mantecados de Estepa y la torta que hacía Ana, una torta grande muy típica de Sevilla, como ellas no tenían horno, la llevaban a la panadería de su calle, donde se la horneaban para el día siguiente.

—Igualito, Eva. Tiene su cara, aunque más fino. Alguna cosilla tiene también de su padre, y no solo en el físico.

—¿Va a venir por aquí?

—No lo sé, yo le he dicho que puede acercarse cuando quiera. —A Eva se le iluminaron los ojos como a una jovencita enamorada, recordando seguramente aquella carta de un niño entusiasmado con ella, con su minifalda y con su ancha sonrisa sincera.

—Voy a practicar para hacerle un cocido como los que hace su madre.

Ana era buena cocinera, como lo era la abuela María. Escuela casera de Triana. Dudo que Eva María pudiese siquiera acercase a sus recetas, pero bueno, tampoco le iba a quitar yo la ilusión. Por mucho que se hubiese formado con el libro de recetas de la Sección Femenina, hace muchos años. También se había comprado unos meses atrás el nuevo éxito en España en cuanto a libros de recetas, el *1080 Recetas de Cocina* de Simone Ortega, para sorprenderme con alguna comidita, decía.

5

MUJERES AL SOL

Escribo con tinta verde sobre la cartulina de la postal. Unas casas blancas sobre la misma arena de la playa, las barcas de los pescadores formando, con su proximidad, un pequeño bosque de mástiles y cables sobre los vivos colores de sus pinturas. El mar está tranquilo, como un estanque, las aguas de color verdoso azulado.

> Querida Ana:
> Me extraña no haber tenido noticias tuyas. ¿Recibiste por tu santo mi pequeño obsequio? ¿Y la tarjeta de Londres?
> Si quisieras escribirme puedes hacerlo a mi nombre y poner «Casa Emilio», Punta Umbría (Huelva).
> Estaré aquí hasta el día 15.
>
> Abrazos, Emma
> (5-8-63)

Este primero de agosto, tan cerca de Sevilla, tan lejos. Estará ocupada con su niño, el mes que viene es su tercer cumpleaños, muy pequeño aún. Si Sevilla tuviese playa…

Querida Ana: No te extrañe que no te hubiera escrito antes, estoy en Tánger, como puedes ver, y aún muy lejos de esas tierras me acuerdo de las simpáticas trianeras.

Ya te escribiré cuando llegue a Madrid.

Muchos recuerdos a tu familia, para ti cariñosos besos.

Emma

El sol de Marruecos y sus casitas blancas de cal, me recuerda al barrio de Ana, las calles estrechas de la medina, al barrio de Santa Cruz. En los ojos de las mujeres, veo la mirada morena de muchas sevillanas, en sus pestañas largas y negras. ¿Cómo harán aquí las mujeres como yo? Apenas se relacionan fuera del ámbito familiar, tan tapadas siempre, tan atareadas, cargando canastos, cacharros con agua, limpiando y cocinando, ocupándose de los niños de padres casi siempre ausentes, ellos que toman té en los bares, que se sientan viendo pasar las horas en los puestos de los bazares, de acá para allá en bicicletas o en viejas motillos. Con ese aire de Edad Media del que no han salido la mayoría de los países árabes y, a la vez, cierto cosmopolitismo de la mano de algunos escritores, artistas, intelectuales, que se han afincado en la ciudad para vivir sus vidas bohemias, independientes, como pachás.

Querida Ana:

Desde Lisboa te pongo unas letras para que veas te recuerdo. Es todo precioso. Ya cuando llegue a Madrid te escribiré más detenidamente.

Muchos recuerdos a Paco y tu madre, y para ti mil abrazos.

Emma

Lisboa, qué triste y qué romántica. Qué ritmo tan pausado tienen sus calles, con el traqueteo metálico, de vez en cuando, del tranvía que pasa camino del Chiado. Las mujeres son menudas, como yo, pero más finas la mayoría, de cabellos muy negros y cejas pobladas. Dulces al hablar, muy educadas sin importar la clase social a la que pertenezcan. En los alrededores del muelle hay mujeres negras, de las colonias. Algunas altas, fuertes, su piel parece dura y gruesa, quizás algo rasposa, pero hay algunas muy bellas, con traseros incluso más grandes que el mío (ja, ja, ja). Llevan vestidos estampados de vivos colores, algunas cargando con un niño envuelto en telas que se atan tras el cuello. Los negros me dan un poco de miedo, tienen un mirar profundo y enigmático, son fuertes, musculosos o muy delgados pero fibrosos, cuando sonríen muestran dentaduras que refulgen de blancor, con dientes grandes.

¿Son esas mujeres negras de Lisboa o las moras de Tánger muy diferentes a las mujeres de mi país? Las mujeres marroquíes cubiertas de pies a cabeza me recordaban a las monjitas españolas, tan tapadas, haga calor o frío, incluso su recogimiento, su modestia y timidez son parecidas, muchas de esas mujeres sacarían el carácter en casa, se enfadarían y gritarían alguna vez también, reirían y llorarían, como cualquier mujer en cualquier parte del mundo.

Las negras del barrio portuario de Lisboa me recordaban más a las mujeres de mi pueblo gallego, de tantos pueblos de España, con sus moños recogidos en la nuca, trabajando en el campo, con el ganado, a veces con algún niño a cuestas, acuclilladas delante del hogar, removiendo un caldero con sopa o un guiso apañado con lo que hubiese ese día.

Querida Ana:
Estoy bastante enfadada contigo pues he regresado de mi viaje por el extranjero y no he tenido noticias tuyas. ¿Qué te pasa?
Ahora estamos pasando ocho días de playa.
Muchos abrazos para todos, incluida tú. El lunes 3 estoy en Madrid. Escribe.

Emma

Qué calor hará en Sevilla ahora, en pleno agosto. Qué distinto es esto, Irún, veo el Paseo de Colón desde la habitación de mi hotel, a Ana le gustaría pasear por aquí. Sé que ella estuvo en Bilbao y se quedó prendada de estas tierras. Podríamos sentarnos en un café, quizás hasta pasar caminando sobre el Bidasoa a Hendaya.

¿No me escribirá porque le gustaría tener la vida que yo tengo? Quizás envidie mis viajes, seguro que le gustaría salir de ese pisito bajo de su barrio, dejar la vida monótona por un tiempo, conocer ciudades del extranjero, y no solo ver paisajes en las postales que yo le mando.

6

FAMILIA

Querida Ana, que pases unas felices Pascuas en compañía de tu familia.

Con mucho cariño,

Emma

Querida Ana:

Te deseo a ti y a los tuyos unas felices Pascuas y que el año 1961 te traiga un montón de sorpresas agradables.

Muchos abrazos a todos y para ti miles de

Emma

Familia, hijos, marido. Quizás yo podría haber tenido todo eso. Un hombre que me cubriera las apariencias, hijos. Sería una vida falsa, de ocultación y disimulo. A pesar de los tiempos que corren, aquí, en Madrid, muchas mujeres estamos solteras, trabajamos y vivimos por nuestra cuenta. No es igual que en una ciudad de provincias, no digamos nada en un pueblo, como el mío, por ejemplo. Aquí no hay señoras que te miran murmurando porque sospechen que la solterona es bollera, tortillera, marimacho. Soy católica, creo en Dios y en la bondad de la gente y en la suya, la bondad divina que no me puede condenar por eso.

Eva María y yo estamos bien, con nuestros dos preciosos perritos. Juntas para todo. Tengo a mis hermanas, a mis encantadoras sobrinitas. Mi trabajo y mi vida en común con Eva. Nuestro piso, nuestros muebles, los cuadros que pinta Eva, nuestras amigas, con las que nos reunimos en la cafetería o en casa si nos apetece. No sé explicarlo de otra manera, solo que comencé a sentirlo desde joven. Claro que fue difícil, muy difícil reconocerlo, pero te sientes tan relajada, tan feliz cuando al fin vives según sientes, cuando estás libre de pensar que eres distinta, un bicho raro, una anomalía en esta sociedad tan convencional.

Ana nació en una familia en la que solo eran su madre y ella, con un padre que a veces veía pasar por alguna calle del barrio, preguntándose por qué a ella no le hablaba aquel hombre que le había dicho su madre que era su padre, como a otras niñas del colegio le hablaban y las querían los suyos, niñas que contaban del trabajo de su padre, de lo que les había regalado por su cumpleaños, de que las había llevado a comer con su madre y sus hermanos a un bar muy bonito. Después, de golpe, un padrastro y varios hermanos, pero solo sirvió para darle más trabajo y que su madre se fuese a hacer largos viajes con su hermana artista. Ahora su marido, su hijo y otra niña que nació después, su madre seguía con ellos. Familia.

Mi familia eres tú, Eva, la que me tiene preparado el café cuando llego de la oficina, no por mandato patriarcal, sino porque me quieres y quieres que nos sentemos las dos juntas a tomar café y charlar de cómo nos ha ido el día a cada una. Y duermes conmigo, y me cuidas cuando estoy enferma y vemos juntas por la noche *Estudio 1* o *Historias para no dormir*, y tengo que abrazarte porque luego te da miedo. Y somos compañeras de viaje, qué bonito es compartir un paisaje, parece todo más bello si alguien a nuestro lado lo disfruta a medias con nosotros. Sin hablar a veces, tu callada, pintando tus cuadros, yo en el sillón, leyendo y mirándote de vez en cuando.

PARTE 3

EL HIJO DE ANA

1

LLEGA UN SOBRE

Hacía un inusual frío aquella mañana. Aunque fuese noviembre avanzado, para Sevilla era muy baja la temperatura, un frío que te calaba el cuerpo con esa humedad proveniente del río, con más horas de neblina que en Londres, la ciudad despertaba envuelta en una bruma que invitaba a remolonear bajo las sábanas, mientras un envolvente olor a café se iba haciendo el dueño del ambiente de la casa. Pero el trabajo es el trabajo y, tras ese café apresurado, me encaminé hacia el periódico. Me encontré un sobre grande en mi mesa de la redacción, uno de esos marrones, acolchado por dentro con un forro de burbujitas transparentes. Me llamó la atención el nombre del remitente. Aunque no habíamos perdido el contacto, hacía tiempo que no hablábamos, ni siquiera unos mensajes a través de las redes sociales.

Dentro del sobre había un tocho de folios impresos y encuadernados en una de esas carpetillas de plástico con unas agarraderas de latón, no sé su nombre exacto. Aparte, un pequeño sobre blanco en el que aparecía, escrito a bolígrafo de tinta negra líquida, mi nombre en el centro y, en la esquina inferior derecha, como a modo de firma, solo esto: «el hijo de Ana». En otro paquetito que también salió del sobre grande, unas cuantas fotos antiguas, tarjetas postales y algunas felicitaciones navideñas.

Habíamos sido compañeros de pupitre en el colegio desde pequeños hasta que terminamos el bachillerato. En la calle también nos veíamos, jugábamos juntos en un equipo de fútbol del barrio y salíamos con la misma pandilla, a partir de que tuvimos edad para tener un grupo de chicos y chicas que salían juntos. La nuestra nació en el club juvenil del colegio, con el grupo íbamos también de acampada de vez en cuando, aunque él tenía bastantes problemas para que sus padres le dejaran ir, sobre todo su madre, muy protectora y miedosa con lo que le pudiese pasar a su niño, al parecer. Me acuerdo una vez, ya casi al final de esa etapa del club juvenil, tendríamos unos 16 o 17 años, que nos dio por montar una versión de *Jesucristo Superstar* para el teatro de nuestro colegio que, aunque era un colegio religioso, la congregación en general y algunos de los curas en particular de allí, eran bastante liberales, dentro de lo que cabe, para la época y la institución de la que se trataba. Para la representación optamos, por supuesto, por la versión española, que un par de años atrás triunfaba en Madrid con Camilo Sesto de protagonista, en el papel de Jesús de Nazaret y un Teddy Bautista en el de Judas, con su voz rota de roquero duro. Algunos, sobre todo los que tenían hermanos mayores, lo conocían de su época en Los Canarios, un grupo pionero del pop español en los sesenta.

La carta me dejó perplejo, no tanto por su

contenido, ya estaba al tanto de las circunstancias de su misteriosa «desaparición», sino por el hecho de que me la dirigiera a mí. Aunque dada nuestra amistad y su afán por que se publicara el texto que me enviaba adjunto, lo entendí. En mi cargo de redactor jefe de cultura de mi periódico, tengo contactos y ciertas influencias en algunas editoriales.

Dejé el *mecanuscrito* sobre la mesa, en ese orden desordenado que es mi mar de papeles, revistas y libros, bajé a la cafetería de la esquina a tomarme un cortado americano y leer de nuevo la carta con la calma que requería.

Opté después por volver a guardar los folios y todo lo demás y seguir con mi jornada laboral tal como estaba prevista. Me llevaría el paquete a casa, me serviría por la noche un Jack Daniel's a su salud y me tumbaría en el sofá a leer tranquilamente el relato, lo que quiera que fuese, que mi amigo me había dejado en legado para gestionar su publicación, sugiriendo correcciones, me aclaraba él en la carta, de lo que me pareciera oportuno y añadiendo, es lo que hago ahora mismo, los párrafos que me diera la gana para completar el escrito.

No sabía quién era Emma, no recuerdo que saliera nunca en algunas de nuestras conversaciones. De los demás personajes femeninos del relato sí había conocido en persona a algunos, lógicamente a los más cercanos a mi amigo, los que convivían con él. Ana la madre, que siempre me recibía con cierto afecto cuando iba a su casa, una señora que recuerdo siempre maquillada, un tanto exageradamente para lo que se lleva ahora, siempre la identificaré con esas señoras de cierta edad del barrio que van a la compra arregladas. A

Ana la recuerdo con su peinado abombado, con olor a laca y a una colonia antigua de la que, aunque me evocaba aromas infantiles, no sabría decir la marca.

También me acuerdo de su abuela. Una señora divertida. Recuerdo especialmente su puchero de fideos gordos, como le decíamos a los fideos de calibre grueso. Estaba deseando que mi compañero me invitase de vez en cuando a comer en su casa cuando su abuela preparaba ese guiso tan castizo. Nada más entrar por el zaguán de la casa de vecinos donde vivían, se percibía el olor a caldo de puchero. Si llegábamos del colegio lo suficientemente temprano, aún podíamos escuchar el zumbido del pitorro de la olla exprés dando vueltas para expulsar el vapor del cocinado.

A su hermana Maribel la traté poco. Nos llevábamos unos seis años y cuando uno es un adolescente no desea mucho trato con niñas de diez años. Sin embargo, recuerdo una ocasión especial, bastante después. Nosotros ya estábamos en la universidad, de hecho estábamos terminando la carrera, él Filología Hispánica y yo periodismo, que entonces teníamos en Sevilla que estudiar en un centro privado y desplazarnos a Madrid para los exámenes. Coincidimos con Maribel en una de aquellas fiestas que organizaban entonces las facultades para recaudar dinero para los viajes de «paso del Ecuador», que se hacía en tercero de una carrera de cinco años o el de «fin de carrera», para celebrar la licenciatura. Al principio, el rector y los decanos permitían tales fiestas en las mismas facultades, pero cuando las cosas comenzaron a salirse de madre y aquello se convirtió en multitudinario, optaron por prohibirlas en los recintos universitarios, por lo que los alumnos que organizaban aquellos jolgorios tuvieron que buscar locales privados para celebrarlas. Uno de aquellos locales fue durante un tiempo el patio de La Carbonería, un bar de copas de mucha solera, donde había veladas de flamenco, presentaciones de libros y exposiciones de pintura, entre otros actos culturales. Una casona de la antigua judería sevillana, muy cerca, por cierto, de la que fue casa de Miguel de Mañara, el fundador del hospital de la Caridad y personaje que cuenta la leyenda que inspiró la figura del Tenorio, quién sabe. Aquella noche seríamos los cuatro o cinco camaradas habituales de los sábados. Maribel estaba allí con un grupo de amigas. Llevarían un buen rato porque estaban ya un poquito alegres. Las distancias no son las mismas entre un chico de dieciséis y una niña de diez que entre una jovencita de dieciocho y un joven de veinticuatro. Recuerdo sacarla a bailar. Era, si no guapa, sí con una cara muy agradable, unos ojos oscuros, más grandes que los de su hermano, que los tiene pequeños y algo hundidos, aunque más claros que los de ella. Unas largas pestañas, unas graciosas pecas y una sensual boca de labios carnosos. Estuvimos bailando, entonces todavía en las fiestas y en las discotecas se ponía música lenta, como se decía antes, para bailar agarrados. Acabamos besándonos, aunque aquello quedó en un par de bailes y nunca más volvió a repetirse. A su hermano creo que no le hizo mucha gracia, pero tampoco me comentó nada. No la traté ya en sus últimos años. Sabía por él de su enfermedad, de lo mal que lo estaban pasando sus padres viendo cómo el cuerpo de su hija se consumía poco a poco, viéndose impotentes para encontrar soluciones, con muchas discusiones, debido al carácter que la enfermedad le acarreó. Hasta el fatal desenlace. No estuve en el entierro, tenía un viaje de trabajo a no me acuerdo dónde, pero sí fui a la misa que se hizo la semana siguiente. A Ana, su madre, la encontré relativamente entera, dadas las circunstancias, pero el padre estaba hundido. Mi amigo mostraba un talante serio, nunca ha sido hombre de exteriorizar mucho sus sentimientos, ni los buenos ni los malos, se notaba que se había hecho cargo de la situación, organizándolo todo y atendiendo a sus padres. Apenas hablamos, nos dimos un abrazo y nos emplazamos para mejor ocasión.

Llegué a casa tarde, como siempre. Mi oficio me mantenía fuera del hogar, por llamarlo de alguna manera, más tiempo del que a veces me hubiese gustado, de hecho creo que esta circunstancia tiene mucho que ver con la separación de mi mujer. Desde que vivía solo aún pasaba más tiempo en la calle, a veces se me hacía un mundo llegar a un apartamento frío y vacío, de muebles baratos que yo no había elegido, donde apenas había dejado aún mi huella en dos o tres cuadros que colgué y poco más para personalizarlo. Mis libros, claro, algunas fotos y un par de cacharros que eran inseparables míos. Mi Snoopy de cerámica vestido con toga y birrete. Una botella pequeña con un barquito de pesca dentro, quizás el viaje más feliz con mi ex, corto, pero muy intenso y divertido.

Como siempre, lo primero que hice fue quitarme los zapatos y dejar la chaqueta en el respaldo de una silla, me aflojé la corbata, esa tarde había tenido que asistir a un acto que requería el *look*, me remangué las mangas de la camisa y fui al cuarto de baño a lavarme las manos y refrescarme la cara con agua fría para despejarme un poco, quizás después me diese una ducha, pero de momento cogí el sobre con los folios y la carta que había recibido por la mañana y me dispuse a examinar más detenidamente su contenido, medio tumbado en el sofá, con los pies en la mesa baja. Puse la tele por inercia, pero no le presté ninguna atención, estaban dando ese *reality* de cocina donde había una señora que gritaba mucho, muy ordinaria, bajé el volumen casi al mínimo.

2

La carta

Estimado Enrique:

Hace tiempo que no quedamos para dar buena cuenta de unas cuantas birras en El Tremendo. Todavía recuerdo uno de nuestros últimos peregrinajes recorriendo la «ruta del altramuz», ¡qué buen invento tuvimos cuando bautizamos ese «camino cervecero»! En fin, Enrique, voy al meollo de la cuestión. Decirte ante todo, y esto puede ayudarte a entender el sentido de esta carta, a la vieja usanza, manuscrita y en papel, que he decidido abandonar la vida pública, entiéndase en su sentido más frívolo. Comencé dejando paulatinamente de asistir a todo tipo de eventos sociales que antes me quitaban tanto tiempo: inauguraciones, exposiciones, presentaciones de libros, conciertos... Después opté por salirme de las redes sociales. Primero dejé Twitter, ese estercolero donde la gente se dedica a insultarse y a criticarlo todo, a formular ideas peregrinas, cuando no desquiciadas, casi siempre amparados en el anonimato. Ni siquiera llegué a frecuentar Instagram, aunque tuviese una cuenta abierta que, en realidad, el poco contenido que tenía estaba gestionado por mi editorial. Por fin, tuve el valor de salirme de Facebook, la red en la que llevaba más años, con razón dicen que es la red de los puretas, y que era el cordón umbilical que me unía a ciertas personas con las que no tenía ya ningún trato presencial, o nunca lo había tenido, pero donde incluso llegué a tener, creo, gente a la que apreciaba y me apreciaban, entiendo que sinceramente. Pero la deriva de estos sitios ha acabado por hastiarme. Solo encontraba últimamente chorradas, tonterías que me importaban un carajo: que si fotitos de la Feria, del gimnasio, de la playa, mil viajes, el gatito o el perrito, y no te digo nada lo desagradable e innecesario de los que cuelgan fotos de su operación, de sus análisis clínicos o del pie escayolado. Nadie se preocupa en leer algo interesante y de eso me percataba en mis propias publicaciones, subía una chorrada y tenía un montón de «me gusta», ponía una reflexión seria, un artículo bien currado y apenas lo apreciaban los diez o doce incondicionales, además, se notaba que simplemente le daban al me gusta, la mayoría, sin entrar a leer el contenido del enlace.

La vida no me ha deparado excesivas alegrías, aunque hay quien opina que soy un llorica profesional, un pesimista de libro, cuando no una persona amargada. No diría yo tanto, pero sí creo que estoy insatisfecho con mis logros y, ¡ojo! culpa mía, no le echo la culpa a nadie, bueno, quizás un poco de mala suerte con ciertas relaciones sí que he tenido. Y es que siempre he creído que merecía las cosas por mi brillantez, que tenían que llamarme. Pero esto no funciona así, tienes que moverte tú, buscar contactos e influencias, pedir favores y arrimarte al árbol que mejor sombra proyecta y, por supuesto, mantenerte en lo políticamente correcto sin salirte del tiesto. Sabes que yo nunca he sido de esa manera, mi naturaleza me empuja a ser sincero, crítico, leal y mantener la opinión a pesar de lo que sea, «primero la verdad que la paz», decía Unamuno, es una de mis frases favoritas. Si a eso le juntas que, de entrada, tengo cierta fama de antipático, que yo tampoco me he preocupado mucho de desmentir, pues ya tienes el resultado.

Oye, y que visto desde fuera la gente dirá que incluso me envidian o, al menos, que mi vida ha sido bastante buena. Tengo una mujer encantadora a la que no he sabido querer tanto como ella se merece, con la que he criado tres buenos hijos que han orientado sus vidas satisfactoriamente y que son personas encantadoras. He publicado, con relativo éxito, más de diez libros, entre poemarios y novelas. Y tengo, al menos en mi ciudad, el reconocimiento de mucha gente como referente cultural y reputado crítico artístico.

Todo me cansa ya. En los últimos meses cada vez salía menos de casa, apenas me apetecía tratarme con el prójimo. Y sí, lo declaro, cada vez me cae peor la gente. Te voy a confesar una cosa que me pasó hace unas semanas. Cogí el autobús para ir a Nervión, yo apenas he frecuentado el transporte público, ya sabes que los últimos años he vivido en el centro y no me ha hecho falta salir de él apenas. Pues iba sentado en la parte de atrás y miraba a mis compañeros de viaje y no podía evitar pensar: qué fea es la mayoría de la gente, qué ordinaria y hortera, cada vez con menos educación y menos respeto por el prójimo. Por cierto, que acusamos a los jóvenes, a los niños incluso, de estar abducidos por los móviles, pero si te fijas, la gente de edad va del mismo palo o peor, y me refiero en concreto a una señora mayor que iba en aquel autobús, los mayores están igual de enganchados a los teléfonos, los jóvenes al menos suelen llevar auriculares, pero esta señora, con un autobús casi lleno, se dedicaba a escuchar los videos idiotas, con musiquitas de reguetón y otras atrocidades, que le enviarían sus amigas por WhatsApp o estaría viendo en alguna red social, como si estuviese sola en el salón de su casa. Y otra, un par de asientos más allá de la anterior, hablando con su hija, con el altavoz abierto, de no sé qué disputa con el yerno y que si no iba a ir a Chipiona y que mañana tenía cita para llevar las radiografías a su médico, ¡y a mí, al resto del autobús, ¿qué nos importa su vida, señora?!

Bueno, Enrique, voy al grano, ya sabes que casi siempre me pierdo en vericuetos cuando quiero contar algo. No me he suicidado ni me he muerto, simplemente he optado por irme a vivir a un sitio tranquilo y alejado. He creído oportuno escaparme a la francesa, ya me conoces, es igual que cuando éramos jóvenes, acuérdate que siempre que me aburría o me entraban ganas de irme a dormir en nuestras noches de juerga, si estábamos en un grupo animado, siempre optaba por desaparecer sin apenas despedirme, siempre queriendo evitar los ruegos de «quédate», «venga, la última», ni nada de eso, me iba y punto.

A mí me da igual escribir en Sevilla que en Ponferrada, y no quiero decir con esto que viva ahora allí (ja, ja, ja). Tengo una pareja que estaba deseando que nos fuésemos a una casita en algún sitio encantador, hemos buscado largo tiempo y creo que hemos encontrado lo que buscábamos, abajo te dejo un teléfono y cuando quieras contarme algo sobre lo que te he enviado envíame un mensaje y me pondré en contacto contigo para darte más detalles, suena misterioso, pero permíteme que lo hagamos así, te lo agradeceré mucho.

A lo que iba, junto con esta carta va una copia de mi última novela y una bolsa con un montón de fotos. Cuando murió mi madre, de los que convivíamos en mi casa familiar de la infancia solo quedé yo. Murió mi abuela, mi hermana, antes de tiempo, maldita sea, mi padre y mi madre. Las personas que ves en las fotos, en su gran mayoría, ya no andan por este mundo. Deshaciendo la casa de mi madre encontré un par de cajas y algunos sobres de papel conteniendo fotos antiguas, naturalmente, yo las conocía de toda la vida, pero hacía tiempo que no las veía. Una tarde, en casa, me dediqué a revisar todas esas fotos, mezcladas en el tiempo, con gente conocida en la mayoría de ellas y otras que no sé exactamente quiénes son, aunque por las épocas y las compañías, intuyo los parentescos. Una de las primeras cosas que pensé es que qué pena no haber hablado más de todas las historias familiares con mi abuela, con mis padres. Luego me puse a reflexionar sobre sus vidas como algo ajeno y pretérito a mi llegada a este mundo.

Pero hubo algo que me llamó la atención especialmente. Separé y agrupé las fotos y postales que una amiga de mi madre que vivía en Madrid le había enviado a través de los años. Yo la conocía desde pequeño, su nombre es Emma, te familiarizarás con este nombre en cuanto leas mi relato. Nunca había pensado detenidamente en la amistad de mi madre con esa mujer, pero a medida que pasaban los años y, sobre todo, a raíz de la muerte de Emma, tres años antes que la de mi madre, me entró curiosidad por saber algo más de esa gran amistad mantenida durante décadas en la distancia. No me extiendo más en esto porque lo podrás leer en los folios que te adjunto.

El gran favor que te pido es que lo leas y me des tu opinión sincera, ya sabes que respeto mucho tu criterio literario. Creo que puede ser una obra de interés. Pero no quiero usar a mi editorial habitual, ya verás que no es exactamente una novela, quizás un mosaico de pequeñas biografías, notas sueltas de la vida de personajes que cruzan sus vidas y la referencia a una mujer que descubre su sexualidad «diferente» en un momento de la historia de nuestro país muy complicado para, especialmente, mujeres en su situación. Ya sabes que, bueno, más o menos el régimen fue tolerante con los «mariquitas», apelativo pretendidamente gracioso que se le daba a los homosexuales, principalmente a los más «simpáticos», «artísticos», con «pluma». Para una lesbiana ni siquiera se usaba ese apelativo, era otra cosa, algo oculto y tabú.

En las fotos adjuntas encontrarás muchas de las justificaciones a los textos del escrito. Mirándolas despacio acabó por fascinarme la imagen de esa mujer que fue amiga de mi madre, que yo conocí en persona, pero de la que apenas sabía nada.

Espero con cierta impaciencia tus apreciaciones al respecto, te ruego seas sincero y no escatimes críticas a la hora de comentarme tu valoración. Sé que mantienes buenos contactos en editoriales importantes y es otra de las causas por la que te pido este favor, creo que el asunto puede merecerlo y además es un tema muy de moda, oye, que a nadie le amarga un dulce y, digan lo que digan, lo que nos gusta a todos los escritores es vender muchos ejemplares y que reconozcan nuestro talento.

Un abrazo.

J.

3

Unos vinos

Los siguientes días seguí con mi rutina laboral. Por las noches, si llegaba a casa lo suficientemente despejado y con ganas de cenar, veía algo en la tele y me iba a la cama con el texto de mi amigo. Me gustó, me gustó bastante. Pero quería plantearle algunas cuestiones sobre su publicación, en realidad solo una me parecía la más importante, ¿no sería demasiado expuesto, algo íntimo y demasiado personal, contar tantas cosas de su familia públicamente?

Le mandé un WhatsApp una mañana un par de semanas después de recibir su paquete. «Llámame cuando puedas, me gustaría comentar contigo ciertas cuestiones sobre el texto que me enviaste». Apenas unos minutos después sonó la alerta de mi WhatsApp: «El viernes por la mañana voy al centro para un par de gestiones, si quieres y puedes nos vemos sobre las una y media en Cateca». Le contesté sobre la marcha: «Por mí OK, allí nos vemos».

La redacción de mi periódico no quedaba lejos del bar de la cita. ¿Dónde viviría ahora mi amigo? «Una casita en un sitio encantador», no sé... Llegué cinco minutos antes de la hora que habíamos quedado. La pequeña taberna, en un callejón detrás de La Campana, aún no estaba a tope, pero un viernes a mediodía aquello se ponía complicado. El siempre atento y veterano camarero que tiene Manolo para atender a los parroquianos fuera del local, me acomodó perfectamente junto a una tabla pegada a la pared exterior. «¿Un Amontillado fresquito, don Enrique?». Da gusto llegar a un sitio donde te tratan como a un señor y saben lo que te gusta.

Apenas había dado un par de sorbos a mi catavino jerezano, cuando vi doblar por la esquina de la cafetería de al lado, venía de la calle Sierpes, al «hijo de Ana». El tío se conserva de puta madre, hasta me dio coraje que pareciera un par de años más joven que yo, cuando en realidad es dos meses mayor. Nos dimos un abrazo a nuestro estilo, haciendo chocar las palmas de las manos, ruidosamente, en la espalda del otro. No parecía un hombre desencantado con el mundo, más bien todo lo contrario, aunque él, es cierto, siempre había sido un *bon vivant*, ahora los modernitos dicen «un disfrutón», me quedo con el galicismo, mucho más *glamour*, dónde va a parar.

—Buen gusto, Amontillado, ¿no?

—Joder tío, qué ojo, efectivamente. —Mi amigo, entre otras cosas, también es un experto en vinos—. ¿Cómo lo sabes?

—Hombre, por el color, tiene toda la pinta. Y porque sé tus gustos. —Sonrió cómplice.

—Ah, cabrito, claro.

—Hombre, podría ser un palo cortado, algo pálido, pero bueno. O una manzanilla pasada…

—Bueno, bueno, no me des ahora una lección de

cata. Quillo, ¿te has ido a vivir a las Hespérides o qué?

—Ja, ja, ja, más o menos. Vivo en una casa en Constantina, pero no del pueblo, sino en el campo, rodeado de vegetación, con un pequeño viñedo y un laguito que hay muy cerca.

—¿Y el trabajo de tu mujer?

—Se ha prejubilado. —Lo miré con una mueca irónica que él me devolvió entre divertido y mosqueado.

—Y tiene… ¿Cuántos? ¿56? ¿57?

—53.

—¡Madre mía! ¿Sabes qué pasa? Y no te lo tomes a mal. —Negó con la cabeza, esperando la andanada—. Que todas estas prejubilaciones, de bancos, de compañías de seguros, que fueron antes y más silenciosas, ahora de grandes empresas como Telefónica… las pagamos con los impuestos, gente que se dedica a cobrar y vivir la vida siendo aún joven y pudiendo aportar mucho todavía en sus puestos habituales.

—Dicho así suena fantástico. —Parecía que quería picarme con su ironía.

—¡Claro! Para ellos, no te jode. Algunos no nos vamos a poder jubilar en la vida.

—Oye, que tú tienes una nómina. Yo sí que lo tengo crudo, que soy autónomo, ni bajas, ni vacaciones, o no cobro nada algunos meses, que es peor todavía, y cuando llegue la edad de jubilación, si llego y si hay pensiones para entonces, si me jubilo, que no podré, cobraré una puta mierda.

—Bueno. —Para relajar y cambiar de tema, cambié un poco el tono—. Tu próxima novela, que hoy nos ha convocado aquí, será un pelotazo y te dará para vivir como un pachá.

—Uhmmm, ojalá —dijo mientras chocábamos las

copas. Volví al tema de su residencia, sacudiendo la cabeza.

—Joder, tío, pero si tu mujer y tú siempre habéis sido animales urbanitas, no me explico lo del retiro campestre que os habéis montado.

—Pues ya ves, ahora tengo allí un caserón como el que había soñado tener en algún momento de la vida, y creo que ha llegado ese momento. Tener en la casa un estudio propio, una mesa de trabajo rodeada de estanterías, en una habitación donde están todos nuestros libros. Paz, serenidad, no te digo silencio, pero sí otro tipo de ruidos, nada de sirenas ni motores, chicharras en verano, pájaros, el canto lejano de un gallo, el viento moviendo las copas de los árboles.

—Vamos, que has seguido las recomendaciones de Virgilio.

—Sí, ja, ja, ja, y las de Garcilaso y Fray Luis.

—Hombre, Fray Luis se refería más a la otra vida que a esta.

—Bien, es verdad, hombre sabio —dijo con tono cachondo—. «*Beatus ille...*», siempre te he dicho que eres un hombre del Renacimiento.

—Por cierto, tengo hasta perro.

—Bueno, tú tuviste uno muchos años.

—Sí, y lo recuerdo con mucho cariño.

—¿Y por qué no has tenido otro hasta ahora?

—Porque creo que los perros no son para tener en un piso, al menos los que a mí me gustan. Además, si viajas o te vas de vacaciones, el perro te mediatiza mucho. Creo que los animales deben poder correr libres y tener un espacio vital amplio. Y eso de recoger las cacas como hay que hacer ahora. —Hizo un gesto como de asco—. Veo a esa gente con sus perritos, llevan todo un equipo, bolsitas para la mierda, guantes, una botellita para echar sobre el pipí del pobre animalito, que verá con sorpresa como su dueño se dedica a joderle todas las marcas que él fabrica para fijar su territorio. —Reímos los dos.

—¿Pero qué bicho tienes, un mastín o qué?

—No, no, qué va, un Golden Retriever.

—No tengo ni idea de perros.

—Como el del anuncio del papel higiénico.

—Ah, ja, ja, ja, vale. Bonito.

Entre risas y comentarios para ponernos al día, libamos un par de catavinos más, eso sí, bien acompañados de unos chicharrones y unos boquerones en vinagre. Cuando el tempo fue el que debía, entramos en la materia que nos había convocado principalmente.

—¿Y no crees que expones demasiado públicamente un tema familiar?

Se puso serio.

—Bueno, ya sabes, y en mi caso esto es especialmente así cada vez que publico una novela, que los lectores piensan muy a menudo que lo que escribimos muchos autores es autobiográfico o tiene mucho de autobiografía. Reconozco que en este caso es cierto, pero dos cosas. ¿Cómo saber si es autobiografía o simulación de ella? ¿Cómo saber si el protagonista es el narrador o el narrador es, a su vez, un personaje inventado por el escritor? Mira, en cualquier caso, he cambiado el nombre de todas las mujeres que aparecen en la historia, el mío de hecho ni siquiera lo menciono.

—¿Y el de los hombres por qué no?

—Porque no son protagonistas, porque sus nombres son corrientes y comunes, al menos en aquella época: Manolo, Luis, Paco... No había tantos alejandros, borjas, adrianes o aitores. —Sonrió socarronamente—. Son meros acompañantes necesarios de la historia, aunque muy decisivos en las vidas de esas mujeres, desde luego. Podríamos decir que sus nombres son arquetipos de todos los nombres, de todos los hombres.

Me quedé pensando en aquello. Tenía razón.

—¿Y por qué quieres que yo te gestione la publicación? ¿No estás contento con tu editorial?

—Mi editorial. —Elevó la mirada al cielo—. En fin, y resumiendo. No hace nada por mis libros. Además, quiero que lo presentes y te den una opinión sincera, como si no quieres decir quién es el autor. Quiero saber de verdad si el texto vale la pena o no.

—¿Y a quién quieres que se lo envíe?

—Eso es cosa tuya. Ya te digo que no quiero intervenir en el proceso, solo cuando alguna editorial lo acepte publicar porque considere que literariamente lo merece, estaré dispuesto a hablar con ellos. Siento molestarte, pero es un gran favor que te pido.

—No te preocupes, no me molesta. Haré un par de gestiones con dos editores a los que les puede interesar y pueden hacer un buen trabajo con este texto, y ya te contaré.

La sonrisa volvió a su rostro.

—Perfecto, pues pidamos la penúltima y hagamos un brindis.

—Sea.

4

La publicación

La verdad sea dicha, a las dos editoriales que les presenté el escrito, sin mencionar al autor, aunque asegurándoles que era conocido pero que, de momento, quería una apreciación objetiva de su obra, les encantó la historia. Quizás echaron en falta un mayor desarrollo de la vida íntima de Emma y de todo su entorno.

En concreto, una de las editoras, una amiga que conocía hacía muchos años y que se caracterizaba por su afán de dar con el perfecto *best seller*, primero cuando tenía su propia editorial, una pequeña empresa que trató de sobrevivir publicando cosas de Semana Santa y otros temas muy sevillanos, ahora más, pues había sido fichada por una editorial relativamente importante y quería hacer carrera, apuntándose el mérito de «descubrir» alguna obra superventas. Pretendía que el autor le diera más relevancia a la vida sexual de la protagonista, no le acababa de convencer el mosaico de mujeres que reflejaba la historia, ella pensaba que vendería mejor un relato centrado en Emma y su vida lesbiana desde la juventud hasta la vejez, incidir en la «represión franquista» y otra serie de lugares comunes de lo políticamente correcto que creía rotundamente que beneficiarían las ventas.

De la otra editorial, con sede en Barcelona, tardaron más las noticias. También mi contacto era una editora, una periodista catalana con la que había coincidido muchos años atrás en la redacción de un periódico nacional donde trabajé tres años en Madrid. Éramos dos jóvenes periodistas de fuera en la capital, solos y un tanto despistados. Aunque ella venía de una ciudad tan moderna, europea y cosmopolita entonces como Barcelona. Curiosamente nos hicimos buenos amigos inmediatamente y, desde entonces, nunca hubo nada más que ese buen rollo amistoso. Mantuvimos el contacto a través de los años y nos vimos en algunos congresos y otros acontecimientos puntuales. Nuria es su nombre, se especializó en cultura, concretamente en crítica literaria, labrándose cierta reputación en el mundillo. Cinco años atrás dio el salto al mundo editorial, al parecer le hicieron una oferta que no pudo rechazar. Se había afincado en su ciudad de nuevo, hablábamos de vez en cuando por teléfono, dado que yo también trataba cultura en mi periódico. Me daba un toque de vez en cuando para promocionar nuevas publicaciones de su editorial, de la que me llegaban habitualmente ejemplares recién salidos de imprenta.

Una mañana sonó el fijo de mi mesa en la redacción, era Nuria.

—Oye, nos interesa mucho publicar el libro de tu amigo. —Yo me hice el interesante para sacar el mejor trato posible.

—Tengo otra editorial que ha hecho una buena

oferta, aunque se la he trasladado al autor, se lo está pensando y esperando a ver qué decís vosotros, piensa que, aparte del trato al que pudiésemos llegar, quizás tenéis más posibilidades de promoción nacional e internacional. Yo también lo creo.

—Me parece muy bien y es lógico que así sea. Estamos dispuestos a volcarnos con este libro. Promoción, entrevistas, en fin, ya sabes, hasta una *turné* de presentaciones. ¿Es famoso el autor?

—A nivel local tiene su tirón, en el resto de España ha tenido algún éxito, pero vamos, no es Pérez Reverte, desde luego.

—No, Arturo ya está con nosotros. —Sonrió sobrada.

—Ya. —Sonreí yo sin querer darle a entender que sabía que estaba hablando con la mejor editorial posible.

Quedamos en que me enviaría las condiciones por escrito, para trasladárselas al autor y emplazarnos para una nueva cita, y si existían visos de que la cosa fuese adelante, tal vez una cita personal para cerrar el trato.

La siguiente vez que me encontré con «el hijo de Ana» fue en su casa de la Sierra Norte. Realmente era un retiro espectacular. Tuve que usar el navegador del coche y la ubicación que me envió para encontrar la casa. Más al norte del pueblo, transité por un camino rodeado de verde, al negro asfalto lo subrayaban en sus bordes hileras de árboles. Me paré ante una verja que tenía el rótulo de Villa Luz, luego me enteré de que la denominación ya existía desde el propietario original. El paraje era magnífico. Mi coche rodó lentamente por un camino de gravilla hasta que descubrí, tras unos viejos robles que tapaban la entrada, una bonita casa de dos plantas, de paredes encaladas y los marcos de puertas y ventanas de cantería, un techo de tejas oscuras y un bonito porche de madera sujetado por pilastras de piedra.

Mis anfitriones me recibieron sobre los tres grandes escalones de subida al magnífico porche. Junto a mi amigo estaba un bonito perro sentado que jadeaba mirando fijamente mi coche, otro perrito más pequeño, y mucho más inquieto al parecer, corría y saltaba a la vez que ladraba alrededor del auto, una llamada de su dueño bastó para que corriera al abrigo del alero de madera junto con el resto de la familia, se quedó muy recto, sobre sus cuatro patas, moviendo su cola recortada con endiablada velocidad.

—Te acordarás de Alicia.

—Claro. —Nos dimos dos besos.

Alicia estaba casi igual que como la recordaba. Ambos iban muy camperos. Ella con vaqueros y botas Hunter, había llovido esa mañana, él con un pantalón de pana marrón claro y unas tradicionales Chiruca, se tocaba con una gorra de cuadros, los dos con chaquetones Barbour verde oliva. Parecía que me estaba recibiendo una familia de la aristocracia británica en una de sus pequeñas casas de campo, esos que allí llaman, con demasiada modestia, *cottage*.

Nos sentamos en el salón principal de la casa, al calor de la chimenea que quemaba buenos troncos de encina. La casa respiraba un aire entre andaluz y británico, muy propio de las fincas acomodadas de la región. Antes, me habían enseñado todas las estancias, donde indudablemente me encantó la biblioteca, allí estaba el estudio de trabajo del escritor. Después visitamos la gran cocina, con una preciosa encimera de mármol blanco veteado, larga y gruesa. Como adosado a la casa, también tenía mucho encanto una especie de estudio con pinta de invernadero que Alicia había habilitado para pintar, con mucha luz natural gracias a sus paredes de cristal enmarcado en viejos hierros de forja, un añadido a la casa que todavía le daba más toque *british* al conjunto arquitectónico. Tras el edificio principal, vi un camino flanqueado de esbeltos cipreses que llevaban al huerto y al pequeño viñedo, donde había una pequeña nave de obra donde se elaboraba el vino y que tenía también una pequeña galería subterránea para la crianza.

Sentado cómodamente en el salón le expliqué a mi amigo, mientras Alicia fue a la cocina a preparar unos aperitivos, mis conversaciones con las dos editoriales. Obviamente hice hincapié en las ventajas que ofrecía el contrato con la editorial de Nuria. Nos pusimos de acuerdo enseguida y, por la tarde, tras reposar la magnífica caldereta de venado de la que dimos cuenta con un estupendo tinto de la zona, regresé a la capital con el encargo de cerrar el trato para la publicación del libro.

Al día siguiente llamé a Barcelona. Nuria se puso muy contenta con las noticias, aceptó con más o menos buen talante que el autor no estuviese muy dispuesto a cambiar nada fundamental de la historia, y quedó en avisarme cuando estuviesen las primeras pruebas para las correcciones. Aunque, me advirtió, el primer paso sería la firma de un contrato, para el cual le gustaría que nos reuniéramos con el escritor o bien en la sede catalana de la editorial o ella vendría a

Sevilla para concretarlo. Le comenté que tal vez J. no estuviese muy receptivo a eso de viajar, lo adivinaba dado el talante que mi amigo había demostrado en los últimos tiempos para las relaciones sociales, pero le aseguré que hablaría con él cuando me enviase un borrador del acuerdo.

PARTE 4

Una plaza de Gante

1

Otra caja, esta de libros

La caja con los primeros ejemplares me la trajo Enrique a mi casa de Constantina. Sobre la mesa del comedor, con la ilusión siempre renovada de cuando tienes una nueva publicación, como si fuera la primera vez, o mejor, porque la primera vez puede ser la única, una casualidad, el inicio de una carrera truncada ya desde la salida. Pero cada nuevo libro que puedes tocar, acariciar suavemente la cubierta con la mano, abrirlo y hacer pasar las hojas con los dedos para que te llegue ese olor a imprenta, a papel recién impreso, es una sensación que te hace cerrar los ojos y disfrutar del momento. No piensas entonces si se venderán más o menos ejemplares, solo ves allí, materializado, el esfuerzo de tu trabajo, el anhelo de tantas horas escribiendo, corrigiendo, intentando plasmar de la mejor manera posible todo lo que te pasa por la cabeza, trasladarlo al teclado, que fluya, rápida y fidedignamente de tu mente a las puntas de tus dedos, como una corriente eléctrica que te recorre el cuello, los hombros, los brazos, las manos y ves como esa corriente toca las teclas transmitiendo a la pantalla, luminosa, blanca, las letras en el orden adecuado, con el sentido que solamente tú quieres darle.

No sé qué pensaría Emma si leyera este libro, o mi madre, o todas las mujeres que aparecen en él. Quizás no aprobarían que yo sacara a la luz estas historias, o me corregirían muchas de las cosas que, más que saber, he intuido. Si pudiese hablar con ellas les haría largas entrevistas, les pediría que habláramos, que me contaran ellas todo lo que yo no sé.

Ojalá pudieran entender, leyéndolo, la admiración que he querido transmitir. Mujeres en el fondo sencillas, probablemente ajenas a sus verdaderos logros. A como, de manera natural y dejándose llevar por el río de sus vidas, se han convertido, al menos para mí, en ejemplo de mujeres luchadoras, sobrevivientes en tiempos difíciles.

Imagino a Emma debatiendo en su interior entre sus creencias y sus inclinaciones naturales. A mí me parece, por sus fotos más antiguas, por sus poses y sus miradas, que fue una mujer libre y feliz, que no vivió atormentada, muy al contrario, y aunque tuviese que hacerlo mayormente en sus viajes a otros países, fue quien quiso ser y vivió como ella misma eligió vivir y con quien quiso vivir.

Su amistad con mi madre, con Ana, perduró a través de los años, de las décadas, hasta la muerte. Los silencios a veces dicen más que las palabras. Dejemos en el misterio de su amistad, sincera y duradera, lo que cada una sentía en su corazón por la otra. Quizás un amor platónico para Emma. Quizás Ana se sintiese halagada sabiendo de ese amor que ella nunca correspondería como a Emma le hubiese gustado. Pero se conformaron, supieron asumir el papel de cada una y siguieron cada cual su camino en la vida. Ana con su marido, sus hijos, la familia, su trabajo de ama de casa, de madre, con sus frustraciones y sus deseos truncados tal vez en una vida que se le quedó corta para lo que ella soñaba. Emma con su difícil trabajo en una empresa de hombres, en un mundo de hombres, su vida en Madrid, sus viajes, la pareja que compartió tantos años de su vida, la alegría de sus sobrinas, sus reuniones en casa con amigas, su grupo de mujeres alegres, compañeras, con sus complicidades y también, cómo no, con sus roces y desavenencias puntuales.

Antes de Ana, su madre, y después, su hija. Ella en medio, quizás no explicándose por qué la vida era de esa manera. Su madre, una mujer sola que recorrió el siglo XX sacándola a ella adelante, trabajando, soportando la pobreza y el estigma de madre soltera, pero siempre con una sonrisa en la boca. Su hija, una niña inteligente, a la que pudo darle una casa acogedora, unos estudios universitarios, que sacó brillantemente unas oposiciones y, sin embargo, se perdió en no sabe qué turbulencias de su mente, en oscuros abismos que la llevaron a caer por el precipicio de una vida de tormento mental y deterioro físico, la muerte, joven, injusta, con un futuro brillante por delante.

Ana había visto la guerra y tal vez sabía que la vida no era el Jardín del Edén. Un padre ausente, una vida de estrecheces, unos hermanos impuestos. Ana abría los ojos en la oscuridad de una sala de cine y veía en la pantalla las vidas que ella no viviría, los hoteles de lujo con habitaciones de teléfonos blancos, los galanes de pelo engominado, como su Paco, el chico simpático y delgado que venía a verla a diario desde aquel corral de vecinos donde vivía, en otro barrio, más allá del río. Siempre dejó entrever que podría haber tenido un mejor partido, pero se quedó con él y también lo vio morir cincuenta años después de verlo por primera vez en la pista de baile de una terraza de verano, en aquella España que decían triste y gris, pero que ellos procuraron sacarle, en la plenitud de sus pocos años de juventud, lo mejor y más alegre que pudiera darles, pintarla de colores en los pasos alegres que marcaba un bolero. Él se parecía a Sinatra.

Quizás le hubiese gustado acompañar a Emma a esos sitios desde donde le enviaba su amiga fotos y postales. Aparecer con ella delante de la imponente estación de trenes de Gante; o delante de la gran portada arqueada del parque de atracciones Tivoli de Copenhague; sobre un embarcadero de góndolas en el Gran Canal de Venecia; ver la mezcla de arquitectura medieval y edificios racionalistas modernos en Helsinborg; París toda; Lisboa y sus románticas cuestas surcadas por los raíles del viejo tranvía; mirar los cisnes en la gran fuente de Ginebra con el Mont Blanc al fondo; ver cómo se clava en el cielo la aguja de la torre del Ayuntamiento de Bruselas; perderse y curiosear por los puestos de la casbah en Tánger; tomar un café en una terraza de Casablanca y recordar el amor imposible de Ilsa y Rick... y Roma. O simplemente pasear en verano por esas playas tan bonitas y esos paisajes más cercanos: la playa des Deux Jumeaux en Hendaya; Los Alcázares en el Mar Menor; Vivero, en la lejana y querida Galicia de Emma; Palma de Mallorca, cuánto le gustaba esa postal, con la masa arquitectónica de la catedral arriba, sobre un embarcadero lleno de bonitos veleros; una cala en San José de Ibiza; el puerto pesquero de Punta Umbría, con hombres de pantalones remangados cosiendo redes; el Valle de Envalira en Andorra; el misterio de las cuevas de Nerja y sus calles empinadas sobre el Mediterráneo o, con el mismo mar, la playa desde los pinares de la Volta de l'Atmeller en San Feliu de Guixols. Cruzar ese mar en el barco correo Algeciras – Tánger y perderse por la medina de la ciudad musulmana, tan cosmopolita a la vez. «Recuérdote desde Roma. Abrazos», Emma.

2

LLAMADAS

Otoño, 1986

No había teléfonos móviles, al menos la gente no los llevaba por la calle habitualmente. No sé cuándo comenzaron a venderse en España aquellos maletines inmensos que veíamos en algunas películas norteamericanas, esos que llevaban en el coche traficantes y financieros. Los Motorola aquellos como ladrillos negros, se lo vimos a Gordon Gekko (Michael Douglas) en la película *Wall Street*, el modelo Motorola Dyna Tac 8000X, el primero realmente móvil que había inventado Martin Cooper en 1983, por cierto, que el tiburón de las finanzas que representaba Gekko lo usaba blanco, el mismo que aún seguiría usando en el 2000, Patrick Beteman (Christian Bale en *American Psycho*) no viene a cuento, pero me fascina la escena de esa película, extraordinario resumen del esnobismo del yupi de entonces, donde el grupo de jóvenes triunfadores, con sus trajes caros y sus tirantes, su malta de 20 años en los vasos de cristal tallado y su cigarro puro, alardean del gramaje, el matiz cromático y los tipos de letras de sus tarjetas de visita, esas que hoy día prácticamente han desaparecido.

En España, no digamos en Sevilla, estábamos aún lejos de todo eso, me refiero principalmente al mundo de los teléfonos móviles, quién se iba a imaginar entonces que todo hijo de vecino llevaría uno (o dos) casi constantemente en la mano, incluso conduciendo o andando como un zombi enajenado por la calle.

Por aquella época yo estaba trabajando en Valencia, en una librería de una multinacional francesa de cuya nueva apertura en Sevilla me haría cargo en los meses siguientes. Tras pasar un periodo de aprendizaje en la central de Madrid y en su librería de la Gran Vía, me fui unos meses a la de la capital levantina, que era la más parecida a la que se pretendía abrir en Sevilla.

Allí me llamó mi madre una mañana de levantino día de octubre. Un cielo que me recordaba la paleta cromática de Sorolla, azul claro, con un matiz un poco más luminoso que el de Sevilla, podría decirse más deslumbrador en los ojos, también con un celeste propio como techo de todo el paisaje.

Aquella mañana mi abuela no se despertó, no lo haría ya nunca más. El médico diagnosticó un infarto cerebral y comentó que sería cuestión de unas horas, luego pasó así una semana. Adelanté mi fin de semana al jueves y cogí un vuelo de regreso donde, por cierto, me encontré al marido de una tía segunda mía, curiosa coincidencia, un marino avezado al que le da pánico volar en avión, creo que trasegó como cinco botellitas de ginebra en el viaje, benditos pasados tiempos de Iberia, yo le acompañé en un par de ocasiones, aunque suavicé el trago con un poco de zumo de naranja. El piloto parecía que quisiera darle un susto, al emprender la maniobra de aterrizaje fue como si de repente el comandante se hubiese dado cuenta de que habíamos llegado y bajó de pronto antes de pasarse de nuestro aeropuerto de destino, había que ver la cara que puso el intrépido marino.

Me sorprendió que no estuviese mi abuela en el hospital, al parecer ya no había nada que hacer y mi madre había decidido que no la moviesen de su cama. Al segundo o tercer día, estaba afeitándome por la mañana, mirándome en el espejo del armarito del baño, uno de aquellos de tres puertecitas de cristal que la gente conocía por su marca más famosa, Romy, cuando rompí a llorar. El cuarto de baño estaba junto al dormitorio de mi abuela, mi madre, que me oyó desde la cocina, solo comentó: «Claro, tenía que salirte tarde o temprano». Regresé a Valencia el lunes, no tenía sentido, dijo mi madre, que me quedara.

En aquella cama individual, en un cuarto juvenil, con las muñecas y los libros de mi hermana en unas estanterías. Compartían cuarto desde que Maribel pasó de la cuna en el dormitorio de mis padres a una cama de adulto, un armario marrón chapado en madera, unos cuadros hechos por mi hermana en el colegio, con recortes de papel charol de colores, con tela de felpa, con palillos de madera… todo como cuando nos mudamos a ese piso siendo muy niña aún. El único paso del tiempo se veía en algunos de los libros de la estantería, donde convivían cuentos infantiles con obras clásicas de la colección Gredos de autores griegos y latinos, junto a un inmenso diccionario Oxford, de inglés – griego clásico.

Aún me quedaban unos meses en Valencia, unos aburridos y solitarios meses donde solo tenía la compañía de un no muy simpático compañero de trabajo que, tras irme prometiendo durante mucho tiempo que me llevaría a un restaurante en la playa donde, según él, «hacen la mejor paella del mundo», acabé pagando yo su comida y la de su novia el día que fuimos.

Abril, 1997

Los fuegos artificiales, que clausuraban la Feria de Abril de aquel año, estallaban junto al río cerca del emplazamiento de las casetas de la Feria. Era domingo, ese día en el que ya no va casi nadie, salvo los últimos cansinos que no se resignan a que el permanente sarao de vino y sevillanas termine, y los comerciales de los proveedores de los caseteros para intentar cobrar las mercancías servidas durante toda la Feria. Yo oía el estallido de los cohetes desde mi casa, mi piso de dos habitaciones, una cuarta planta sin ascensor, donde nos habíamos instalado mi mujer y yo después de casarnos, a no más de 500 metros de mi antigua casa, la de mis padres. Mi hija mayor aún no había cumplido un año.

Recuerdo, por cierto, que mi hermana me decía, en esos casi únicos momentos que la recuerdo alegre en aquel último año, que le hacía mucha ilusión verla crecer y me contaba cómo pensaba llevarla en el futuro de compras, a comer las dos juntas e ir al cine y al teatro con ella. Además de su sobrina, la única hija por entonces de su único hermano, era su ahijada. Por desgracia no pudo verla crecer.

El lunes me llamó mi padre por teléfono, entonces

los aparatos fijos de las casas tenían bastante trabajo, hoy día, si existen, son cacharros inanimados que viven su silenciosa vida en un rincón del salón, tan solo despertados a veces por alguna siempre inoportuna llamada de un operador de comunicación que quiere venderte una «gran oferta» de telefonía con el wifi más rápido del mercado. Estaba alterado, mi padre, jubilado ya, solo vivía para hacer los recados que le mandaba mi madre, para venir a mi casa a ver a su primera nieta y para atender las necesidades de su hija. Intenté tranquilizarlo, pero me dijo que no era normal que no supiese nada de ella desde hacía varios días.

—Ya sabes, papá, cómo es mi hermana, tendrá una de sus crisis y no querrá hablar con nadie, ya te llamará.

—No, es que no es normal, me dejó su coche para ir a lavarlo y echarle gasolina, y desde ayer no me coge el teléfono.

Por recomendación de la que entonces era su psicóloga, mi hermana había alquilado un piso para vivir sola. No estaba lejos, en una barriada algo más al norte que la nuestra. Su situación se había ido complicando con los años, entonces nadie conocía realmente lo que es la anorexia, ni siquiera los médicos sabían exactamente cómo abordar ese problema. La testarudez y afán de discutirlo todo desde la superioridad intelectual de mi hermana dificultaba enormemente la solución de tan delicada situación. De hecho, nuestro médico de familia de toda la vida, tras numerosas discusiones con ella en su propia consulta, tiró la toalla y le dijo a mis padres que buscaran tratamiento especializado, no podré olvidar nunca cuando le llamé delante del cadáver de mi hermana y me dijo su secretaria que no se podía poner, que tenía entradas para los toros y estaba a punto de irse. Naturalmente, nunca más fui a visitarle.

La llamada de mi padre me cogió comiendo, yo acababa de llegar de la oficina donde entonces trabajaba. Le prometí que en cuanto terminara lo recogería e iríamos juntos a casa de Maribel. Al principio temí la reacción de mi hermana al vernos presentarnos los dos en su casa, pero el tono de mi padre, y un sexto sentido que me asaltó de pronto, me hizo albergar malos augurios.

Bajé y caminé las dos calles que me separaban de mi antigua casa, mi padre estaba en la terraza esperando mi llegada y bajó al verme doblar la esquina. Cogimos el coche de mi hermana, que estaba aparcado en la puerta, me dio las llaves para que condujese yo. En el corto trayecto que nos separaba de la calle donde vivía mi hermana, iba pensando en lo que podríamos encontrarnos y me preocupaba cada vez más, no solo porque mi hermana pudiese estar mal, sino porque además veía a mi padre tremendamente preocupado y por aquel entonces ya había estado ingresado un par de veces por problemas cardiacos.

Mi padre tenía llaves del piso, pero le dije que llamáramos para que ella nos abriese. Me puse delante, llamé al timbre... volví a llamar pasados unos segundos sin respuesta. «Papá igual no está». Cuando me volví ya tenía las llaves tendidas para que las cogiera. Miré el llavero del centenario del instituto San Isidoro, el mismo que aún tengo con mis llaves, con tres o cuatro llaves de las que entonces colgaban de él, me había seleccionado la que abría la puerta del piso. El cerrojo no estaba echado, comencé a ponerme muy nervioso, empujé la puerta y nos sobresaltamos los dos al comprobar que la cadena de seguridad hizo un ruido al tensarse y nos frenó de golpe, estaba puesta, señal inequívoca de que debía estar dentro.

La llamé por su nombre varias veces, ya, temiéndome lo peor, metí la mano y desenganché la cadena, mientras abría la puerta intentaba escrutar rápidamente todo el salón, no había nadie, a la vez procuraba contener a mi padre que, ya visiblemente alterado, intentaba ponerse a mi altura.

Estaba tendida en el suelo de la cocina. Sobre la encimera, una cacerola destapada con un guiso de habas, guisantes y alcachofas, uno de sus platos favoritos, al lado un *tupper* y un cucharón de apartar, mi madre le hacía comida que mi padre le llevaba a su casa cada dos por tres. Estaba en pijama, con un jersey de lana encima, sus pies descalzos cubiertos con unos infantiles calcetines gruesos azules con muñequitos, las zapatillas a un lado. Tenía la boca entreabierta, al igual que los ojos, nada más tocarla noté una rigidez de horas, todo se desarrollaba en mi cabeza en segundos, comprobar su estado, ver que llevaba muerta seguramente desde la hora de la cena, a pesar de ello, desesperado, le hice el boca a boca, sin esperanza, mientras escuchaba a mi padre, detrás, decir su nombre mientras lloraba, me volví y lo llevé como pude al dormitorio para que se quedara en la cama sentado, regresé de nuevo a la cocina, le cerré los ojos y llamé al número de emergencias.

Cuando le abrí la puerta a los sanitarios me di cuenta, mientras pasábamos a la cocina y les iba explicando la situación, de que todo ese tiempo había estado apretando contra mí las zapatillas de mi hermana.

Mi padre ya no estaba, había insistido en irse solo a contárselo a mi madre, no pude retenerlo, yo tenía que esperar la ambulancia.

Cuando se la llevaron y me quedé solo caí de rodillas en la cocina llorando. «Mi hermana, mi pobre hermanita», seguía apretando contra mí sus zapatillas.

Mi madre abrió la puerta de su casa, ya tenía los ojos rojos de llorar. «Hijo mío», y se abrazó a mí llorando. Más tarde, de camino a mi casa, ya se lo había contado a mi mujer por teléfono, iba pensando que mientras la gente se divertía mirando los fuegos artificiales de la Feria de Abril, mi hermana moría, sola, joven, en el suelo de la cocina de un oscuro piso de alquiler.

Mediodía, 2010

No recuerdo qué época del año era, debería ser un mes cercano al verano, por delante, en primavera, o por detrás, en ese otoño que cada vez llega más tarde. Lo recuerdo por la ropa, cosas curiosas, no recuerdo apenas nada, pero sí que no llevaba mucho abrigo ni tampoco iba en mangas de camisa. Mi padre había muerto años atrás, en 2003. Nunca levantó cabeza desde lo de mi hermana y, aun así, y a pesar de sus dolencias cardiacas, vivió lo suficiente para disfrutar de la mayor parte de la infancia de mis dos hijos mayores, era como un bálsamo para su alma, un chute de adrenalina que le ponía la sonrisa en la boca, aunque en la mirada siempre se le veía una sombra vidriosa de la otra niña, que siempre lo fue para él, que se fue demasiado pronto. Recuerdo aquellos duros días para mí y mi sorpresa al ver la naturalidad con la que los niños se toman la muerte, mucho más de lo que pensamos, al menos, de lo que yo creía hasta entonces.

Mi madre se quiso quedar en su casa, a vivir sola como una viuda. Yo no vivía lejos y pasaba prácticamente a diario a ver cómo estaba y si necesitaba algo, y si no la visitaba en un par de días o no la llamaba por teléfono, ya se encargaba ella de recordármelo. No vivíamos lejos, a pesar de que yo ya me había mudado a un piso más grande, pero también quedaba relativamente cerca del viejo barrio nuevo, porque el viejo viejo, siempre sería aquel, qué lejano ya, del otro lado del río. Al final, cuando ya se puso peor, también el corazón, me temo lo peor para mi herencia, se vino a vivir a casa, pero eso lo contaré más adelante.

Ahora me voy a referir a la llamada de aquel mediodía de 2010. Pasé por su casa, a llevarle pan y un par de cosas que me había encargado, a la hora del almuerzo. Mi madre abordaba las cuestiones sin rodeos, no solía hacer preámbulos cuando quería decirte algo, salvo cuando lo que quería comunicar era un reproche, algo que le había sentado mal, cosa poco infrecuente por otro lado, entonces sí, entonces mareaba la perdiz hasta hacerme perder la paciencia, con los cual en esas ocasiones las cosas no solían acabar bien. Esta vez fue directa al grano, su tono sonó pausado, calmado y triste.

—Me han llamado de Madrid.

—¿Emma?

—Sí, ha muerto.

No recuerdo si me dijo quién había llamado, en cualquier caso creo que yo no pregunté, ni siquiera si había sido Eva María u otra persona. De hecho, creo que nunca me volví a interesar por Eva María, no recuerdo si ella también falleció ya o, de no ser así, si mantuvieron alguna otra comunicación posterior, aunque no lo creo, ya sin Emma, la relación carecería de sentido.

Punto final a las llamadas, a las cartas, a los regalos, a la lotería compartida en Navidad, a las postales de viajes, a unos cincuenta años de amistad. Fue entonces cuando le pregunté si Emma era lesbiana. «Sí», no hubo más explicaciones ni preguntas.

Mañana de sábado, 2013

No cabe duda de que las madres pueden hacer enormes sacrificios por sus hijos, más que los padres, supongo, hablo en general. Lo que no está tan claro es que a la recíproca pase lo mismo, o cada vez menos. Analizando con perspectiva y a la luz de los recuerdos, el hecho de llevarme a mi casa a mi madre respondía a dos cuestiones principales, entiendo. Uno, su deterioro físico, que cada día hacía que necesitara mayor atención, por lo que para mí era mucho más cómodo tenerla en casa que ir constantemente a la suya, además, le quedase lo que le quedase, consideré, consideramos, porque mi mujer estaba de acuerdo, que sus últimos años, o meses, no sabíamos, no estaba bien que los pasara sola en su casa. En la mía éramos cinco personas, seis con ella, mis hijos para arriba y para abajo, estaría mucho más acompañada y los vería constantemente. Tenía su cuarto propio, con televisión pequeña incluida y una mesita de camilla redonda donde leía sus revistas del corazón y sus libros, principalmente biografías de famosas, actrices, cantantes.

Cuando necesitó ponerse a diario inyecciones de anticoagulante, se las ponía yo mismo. También la acompañaba a las revisiones del cardiólogo y la ayudaba a vestirse y desvestirse cuando tenían que hacerle cardiogramas y radiografías. Nos reíamos comentando la apariencia de su cardiólogo, un doctor de avanzada edad que hablaba tan bajito que apenas lo escuchábamos, la enfermera nos «traducía» lo que decía. El galeno tenía un aspecto bastante peor que la mayoría de sus pacientes, delgado, enjuto, con rostro patibulario, parecía realmente un vampiro de aquellas viejas películas en blanco y negro. Un día, a sus espaldas, la enfermera nos confesó que se fumaba un par de paquetes de Ducados al día. Yo pensé en la ironía de ese tabaquismo en un médico que procuraba mantener con vida a personas con problemas del corazón.

Aquel sábado me vestí después de la ducha para bajar a la churrería por «calentitos», que es como le llamamos en Sevilla a lo que los madrileños llaman porras. Un placer que solo nos podíamos permitir los fines de semana, cuando no había colegio y ni mi mujer ni yo teníamos que trabajar. Entré con el papelón aceitoso de la rica masa frita, lo dejé sobre el mantel de la mesa del salón, ya preparada, desde allí oí a mi mujer, que estaba preparando el café en la cocina, llamar a mi madre para que se levantara del todo, la había dejado en el borde de su cama poniéndose las zapatillas. No respondía, entramos en su dormitorio y la vimos caída de lado sobre la almohada, intenté despertarla moviéndole los hombros.

—¡Mamá, mamá! —Ya no se despertó.

La acompañé en la ambulancia y quedó ingresada en observación, pero, igual que le pasó a mi abuela, los médicos no dieron ninguna esperanza, solo que era cuestión de pocos días o incluso unas horas. Me recomendaron que me marchara a casa, ya que allí no podía estar y esperar fuera era inútil, me dijeron que me llamarían inmediatamente si pasaba algo importante o que si no, a las ocho de la mañana del día siguiente podría pasar a verla. Les hice caso y me fui a casa. Aquella misma tarde me llamaron para que pasara por el hospital lo antes posible. Cuando llegué me esperaba una doctora en el pasillo, en la puerta casi de la sala donde estaba mi madre junto a otros enfermos.

—¿Es usted el hijo de Ana...? —Miró por encima de mi hombro, como buscando algo o alguien detrás de mí—. ¿Viene usted solo? —Su cara era de sorpresa.

—Sí, no tengo hermanos y mi padre ya falleció.

Me explicó que mi madre había muerto aquella misma tarde a las 18:30, que podía pasar a verla unos minutos y que después la conducirían al depósito de cadáveres del hospital para prepararla, que sería conveniente que llamara a la compañía de seguros, si es que tenía contratado uno de decesos. Casi me entraron ganas de sonreír, mi madre pagaba un seguro en Ocaso desde que nacimos todos, ya lo pagaba mi abuela antes, ahora lo sigo pagando yo para toda mi familia, el de mi mujer, mis hijos y yo mismo.

La noche fue lóbrega, fría por dentro del cuerpo. Mi mujer no podía acompañarme porque nuestros hijos eran pequeños, sobre todo el benjamín, un bebé casi. El tanatorio del hospital estaba solo, vacío, oscuro, feísimo, un lugar desapacible. Llegó el señor del seguro, rellenamos unos papeles y quedó en mantenerme informado sobre el traslado al tanatorio privado y los detalles del entierro. Ya casi a medianoche, trajeron el féretro con su cuerpo, lo pasaron a una sala pequeña, vacía salvo por la camilla con el ataúd. Cuando entramos, apenas iluminada aquella pequeña sala oscura, les pedí a los sanitarios que me permitieran unos minutos a solas. No sabía qué pensar, no sabía qué decir, me pasó lo mismo que con mi padre, miraba su rostro amortajado a través del cristal de la tapa interior del ataúd. Creo que recé un padrenuestro.

Hoy reposan los tres, mi padre, mi madre y mi hermana, en un nicho en propiedad que mi madre se empeñó en comprar cuando Maribel murió. Cada vez voy menos, pero no suelo fallar, cada año, el día del cumpleaños de mi hermana. El camino hasta la tumba, lo digo en sentido literal, y quizás también figurado, es cada vez más duro.

3

Una plaza en Gante

Tres fotos iguales, cuadradas, pequeñas. Tres imágenes en blanco y negro impresas en papel de fotografía, KODAK VELOX PAPER. Tres poses, tres gestos. Dos miradas a la cámara y una al cigarrillo que está encendiendo, y es esta no mirada, esta pose con la cabeza agachada hacia el pitillo encendiéndose, quizás, la que más nos interesa. La historia de una mujer que, con pantalones y apoyada en una señal de tráfico, lleva en la llama de una cerilla su grito de libertad, el fuego rebelde de su personalidad incómoda en la sociedad de su país, de su entorno, de su época. Una personalidad incluso incómoda, tal vez, para ella misma, aunque en estas fotos, en esta libertad de los países más avanzados, Bélgica, Holanda, Dinamarca, se la ve alegre, relajada, viviendo su verdadera vida, sin ataduras.

La parte trasera de un Renault 4CV, el cuatro – cuatro, como se llamó aquí popularmente, con su rejilla trasera de ventilación del motor, con sus líneas curvas de coche de los cincuenta, pero en tamaño utilitario, muy a la francesa. Cuatro puertas y cuatro plazas, cuatro caballos fiscales en su patria natal. Aparcados en la acera, coches más grandes, más lujosos, como de película americana. Ocupando casi todo el fondo de la foto, el edificio de la estación central de San Pedro de Gante, con su bicromía y sus ventanales, sus chimeneas cupuladas y ese interior de aires bizantinos, bicolor, un edificio imponente construido para la Exposición Universal de 1913 celebrada en la capital de Flandes Oriental, un neogótico soñador y de cuento ideado por, Louis Cloquet. Apenas hay nadie más en la foto que nuestra protagonista, ya la describimos al principio, cuando aquella caja mágica de madera, antigua y bella en su desnudez de panel pulido, nos reveló sus secretos. Pantalón oscuro marcando sus anchas caderas. Recostada sobre el poste de una señal de tráfico, de esas que adivinamos roja y blanca a franjas, aunque la foto sea en blanco y negro. Con el pie derecho apoyado en el poste. Tiene la cabeza baja mientras enciende un cigarrillo, la cajetilla en su mano izquierda, que hace de pantalla para que arda sin apagarse la llama de la cerilla. Un suéter claro de cremallera, sobre una camisa oscura, los cuellos subidos por detrás. El pelo negro, cortado a lo *garçon*. Al lado, un gran cartel anunciando sitios turísticos de la ciudad, museos, jardines. Nuestra heroína parece relajada, desentendida del objetivo de la cámara, que la pilla en ese gesto frecuente de fumadora de tabaco negro. Cómoda, libre, soñadora quizás.

La mirada se vuelve traviesa en la foto de Ámsterdam. Fijándonos bien, adivinamos que está en una barca sobre uno de los canales de la ciudad holandesa, como una Venecia del norte de Europa. Los mismos, o parecidos, pantalones oscuros de Gante, una rebeca de botones como perlas blancas, sobre una blusa oscura cuyas mangas se dan la vuelta sobre las del suéter abierto, con los cuellos también por fuera. Adelanta el cuerpo, sentada, hacia el objetivo de la cámara, con una mirada alegre, con una sonrisa un tanto pícara, cómplice, sincera. En la mano derecha, apoyada en el borde de la barca, un cigarrillo ya casi consumido, en la colilla. La mano izquierda se pierde bajo su pierna, pero se aprecia en la muñeca un estrecho reloj, de pequeña esfera, metálico, quizás dorado, el mismo que vemos en otras fotos de sus paseos por Sevilla. El pelo muy corto, negro, con un gracioso flequillo sobre la frente, un tanto despeinado, cabellos despreocupados y libres. Son horas lejos de aquella oficina, de aquellas luces desapacibles y tibias de los despachos con viejos muebles de madera y grises estanterías metálicas, de aquellas miradas de hombres de camisa blanca, corbata negra y trajes de chaqueta.

Salió el sol en Copenhague y, curiosamente, no les miento, acaba de hacerlo por mi ventana mientras escribo esto. Después de una mañana de lloviznas y frío de invierno, sale el sol, no sé si por tan solo unos minutos. Nuestra heroína está ahora en mitad de una gran plaza. Esta vez nos mira, de cuerpo entero, con esa sonrisa franca y abierta de su bonito rostro. Está en la acera, al borde de un paso de peatones por donde cruza un gran Mercedes oscuro, de imponentes guardabarros de hojalata. Al fondo, al otro lado de la plaza, la figura matizada de grandes árboles, de la gran fachada del Parque Tivoli de la capital danesa, con su gran portada en arco, donde figura el nombre en la parte superior. Un viejo parque de atracciones que es de los sitios favoritos de los lugareños, y de los turistas. Uno de los más antiguos del mundo, se abrió en 1843, con sus reminiscencias orientales, a pesar de hacer honor en su nombre a los jardines renacentistas de la ciudad italiana de Tivoli. No nos olvidemos de Emma, a la que hemos dejado cerca de la entrada. Su vestido de tirantas, con un estampado floreado, nos habla de verano, de sol y alegría, de colores vivos, a pesar del blanco y negro. Su cuerpo se eleva sobre unas sandalias con cuñas forradas de esparto, se agarra la falda coquetamente con la mano izquierda, falda que nos gustaría ver volar haciendo sinuosos escorzos con alguna brisa fresca de verano escandinavo, pero que ella sujeta, quizás para que no se la levante el viento que provocan los coches al pasar. En su mano derecha, tiene ambos brazos caídos pegados a su cuerpo, un gran bolso blanco, con bordes oscuros. Qué pena que la foto sea tan pequeña, que no nos deje disfrutar mejor de su alegría de vivir, de su mirada que ríe a la vez que su boca, con la cara un poco ladeada, con su pelo corto.

Agradecimientos

Quiero dar las gracias a los amigos que escucharon, se los leí de viva voz, los primeros capítulos de esta historia y me dieron ánimos: Ana, Chari y Alfonso. A mi amigo, el gran fotógrafo Manolo Manosalbas, autor de mi retrato de la solapa del libro. A mi editora, Rosa Núñez, y a su equipo de Platero Editorial.

Y, por supuesto, a mi familia, mujeres y hombres, los que están y los que ya no están en este mundo. Todos ellos forman parte de mí mismo, de mi vida y de mi personalidad.